目录

微纪元 / 刘慈欣

纳米人主宰地球

一　回归

先行者知道，他现在是全宇宙中唯一的一个人了。

他是在飞船越过冥王星时知道的。从这里看去，太阳是一个暗淡的星星，同三十年前他飞出太阳系时没有两样，但飞船计算机刚刚进行的视行差测量告诉他，冥王星的轨道外移了许多，由此可以计算出太阳比他启程时损失了 4.74% 的质量，由此又可推论出另外一个使他的心先是颤抖然后冰冷的结论。

那事已经发生过了。

其实，在他启程时人类已经知道那事要发生了，通过发射上万个穿过太阳的探测器，天体物理学家们确定了一个事实——太阳将要发生一次短暂的能量闪烁，并损失大约 5% 的质量。

如果太阳有记忆，它不会对此感到不安，在那几十亿年的漫长生涯中，它曾经历过比这大得多的剧变。当它从星云的旋涡中诞生时，它的生命的剧变是以"毫秒"为单位的。在那辉煌的一刻，引力的坍缩使核聚变的火焰照亮星云混沌的黑暗……它知道自己的生命是一个过程，尽管现在处于这个过程中最稳定的时期，偶然的、小小的突变总是免不了的，就像平静的水面上不时有一个小气泡浮起并破裂。能量和质量的损失算不了什么，它还是它，一颗中等大小，视星等为 -26.8 的恒星。甚至太阳系的其他部分也不会受到太大的影响，水星可能被熔化，金星稠密的大气将被剥离，外围的行星所受的影响就更小了，火星的颜色可能由于地表的熔化而由红变黑，地球嘛，只不过表面温度升高至 4000℃，这可能会持续 100 小时左右，海洋肯定会被蒸发，各大陆表面岩石也会熔化一层，但仅此而已。之后，太阳又将很快恢复原状，但由于质量的损失，各行星的轨道会稍微后移，这影响就更小了，比如地球，气温可能稍稍下降，平均降到零下 110℃ 左右，这有助于熔化的地表重新凝结，并使水和大气多少保留一些。

那时，人们常谈起一个笑话，说的是一个人同上帝的对话：上帝啊，一万年对你是多么短啊？上帝说：就一秒钟。上帝啊，一亿元对你是多么少啊？上帝说：就一分钱。上帝啊，给我一分钱吧！上帝说：请等一秒钟。

现在，太阳让人类等了"一秒钟"：预测能量闪烁的时间是在一万八千年之后。这对太阳来说确实只是一秒钟，但却可以使目前活在地球上的人类对"一秒钟"后发生的事采取一种超然的态度，甚至当作一种哲学理念。影响不是没有的，人类文化一天天变得玩世不恭起来，但人类至少还有四五百代的时间可以从容地想想逃生的办法。

两个世纪以后，人类采取了第一个行动：发射了一艘恒星际飞船，在周围100光年以内寻找带有可移民行星的恒星，飞船被命名为"方舟号"，这批宇航员都被称为"先行者"。

"方舟号"掠过了六十颗恒星，也就掠过了六十个炼狱。其中，只有一颗恒星有一颗行星，那是一滴直径八千千米的处于白炽状态的铁水，因其为液态，在运行中不断地改变着形状……"方舟号"此行唯一的成果，就是进一步证明了人类的孤独。

"方舟号"航行了二十三年时间，但这是"方舟时间"，由于飞船以接近光速行驶，地球时间已过了两万五千年。

本来，"方舟号"是可以按预定时间返回的。

由于在接近光速时无法同地球通信，必须把速度降至光速的一半以下，这需要消耗大量的能量和时间。所以，"方舟号"一般每月减速一次，接收地球发来的信息，而当它下一次减速时，收到的已是地球一百多年后发出的信息了。"方舟号"和地球的时间，就像用高倍瞄准镜看目标一样，瞄准镜稍微移动一下，镜中的目标就跨越了巨大的距离。"方舟号"收到的最后一条信息是在"方舟时间"自启航十三年，地球时间自启航一万七千年时从地球发出的，"方舟号"一个月后再次减速，发现地球方向已寂静无声了。一万多年前对太阳的计算可能稍有误差，在"方舟号"这一个月、地球这一百多年间，那事发生了。

"方舟号"真成了一艘方舟，但已是一艘只有诺亚一人的方舟。其他的七名先行者，有四名死于一颗在飞船四光年处突然爆发的新星的辐射，两人死于疾病，一人（是男人）在最后一次减速通信时，听着地球方向的寂静……开枪自杀了。

此后，这唯一的先行者曾使"方舟号"保持在可通信速度很长时间，后来他把飞船加速到光速，心中那微弱的希望之火又使他很快把速度降下来聆听，由于减速越来越频繁，回归的行程拖长了。

寂静仍持续着。

"方舟号"在地球时间自启航二万五千年后回到太阳系，比预定的时间晚了九千年。

二　纪念碑

穿过冥王星轨道后，"方舟号"继续飞向太阳系深处。对于一艘恒星际飞船来说，在太阳系中的航行如同海轮行驶在港湾中。太阳很快大了、亮了。先行者曾从望远镜中看了一眼木星，发现这颗大行星的表面已面目全非：大红斑不见了，风暴纹似乎更加混乱。他没再关注别的行星，径直飞向地球。

先行者用颤抖的手按动了一个按钮，高大舷窗的不透明金属窗帘正在缓缓打开。啊，我的蓝色水晶球，宇宙的蓝眼珠，蓝色的天使……先行者闭起双眼默默祈祷着，过了很长时间，才强迫自己睁开双眼。

他看到了一个黑白相间的地球。

黑色的是熔化后又凝结的岩石，那是墓碑的黑色；白色的是蒸发后又冻结的海洋，那是殓布的白色。

"方舟号"进入低轨道，从黑色的大陆和白色的海洋上空缓缓越过，先行者没有看到任何遗迹，一切都被熔化了，文明已成过眼烟云。但总该留个纪念碑的，一座能耐4000℃高温的纪念碑。

先行者正这么想着，纪念碑就出现了。飞船收到了从地面发上来的一束视频信号，计算机把这信号显示在屏幕上，先行者首先看到了用耐高温摄像机拍下的九千多年前的大灾难景象。能量闪烁时，太阳并没有像他想象的那样亮度突然增强，太阳迸发出的能量主要以可见光之外的辐射传出。他看到，蓝色的天空突然变成地狱般的红色，接着又变成噩梦般的紫色；他看到，纪元城市中他熟悉的高楼群在几千摄氏度的高温中先是冒出浓烟，然后像火炭一样发出暗红色的光，最后像蜡一样熔化了；灼热的岩浆从高山上流下，形成了一道道巨大的瀑布，无数个这样的瀑布又汇成一条条发着红光的岩浆的大河，大地上火流的洪水在泛滥；原来是大海的地方，只有蒸汽形成的高大的蘑菇云，这狰狞的云山下部映射着岩浆的红色，上部透出天空的紫色，它在急剧扩大，很快一切都消失在这蒸汽中……

当蒸汽散去，又能看到景物时，已是几年以后了。这时，大地已从烧熔状态初步冷却，黑色的波纹状岩石覆盖了一切。还能看到岩浆河流，它们在大地上形成了错综复杂的火网。人类的痕迹已完全消失，文明如梦一样无影无踪了。又过了几年，水在高温状态下离解成的氢氧又重新化合成水，大暴雨从天而降，灼热的大地上再次蒸汽弥漫。这时的世界就像在一个大蒸锅中一样，阴暗、闷热、潮湿。暴雨连下几十年，大地被进一步冷却，海洋渐渐恢复了。又过了上百年，因海水蒸发形成的阴云终于散去，天空现出蓝色，太阳再次出现了。再后来，由于地球轨道外移，气温急剧下降，大海完全冻结，天空万里无云，已死去的世界在严寒中变得很宁静了。

先行者接着看到了一个城市的图像：先看到如林的细长的高楼群，镜头从高楼群上方降下去，出现了一个广场，广场上一片人海。镜头再下降，先行者看到所有的人都在仰望着天空。镜头最后停在广场正中的一个平台上，平台上站着一个漂亮的姑娘，好像只有十几岁。屏幕上，她在冲着先行者挥手，娇滴滴地喊："喂，我们看到你了，像一个飞得很快的星星！你是'方舟一号'？"

在旅途的最后几年，先行者的大部分时间是在虚拟现实游戏中度过的。在那个游戏中，计算机接收玩者的大脑信号，根据玩者的思维构筑一个三维画面，这画面中的人和物还可根据玩者的思想做出有限的活动。先行者曾在寂寞中构筑过从家庭到王国的无数个虚拟世界，所以现在他一眼就看出这是一幅画面。但这画面创造得很拙劣，由于大脑中思维的飘忽性，这种由想象构筑的画面总有些不对的地方，眼前这个画面中的错误太多了：首先，当镜头移过那些摩天大楼时，先行者看到有很多人从楼顶的窗子中钻出，径直从几百米高处跳下，经过让人头晕目眩的下坠，这些人平安无事地落到地上；同时，地上有许多人一跃而起，像会轻功一样一下就跃起几层楼的高度，然后他们的脚踏在了楼壁上伸出的一小块踏板上（这样的踏板每隔几层就有一个，好像专门为此而设），再一跃，又飞上几层，就这样一直跳到楼顶，从某个窗子中钻进去。这些摩天大楼仿佛都没有门和电梯，人们就是用这种方式进出的。当镜头移到那个广场正中的平台上时，先行者看到人海中有用线吊着的几个水晶球，那球的直径可能有一米多。有人把手伸进水晶球，很轻易地抓出水晶球的一部分，在他们的手移出后，晶莹的球体立刻恢复原状，而人们抓到手中的那部分立刻变成了一个小水晶球，那些人就把那个透明的小球扔进嘴里……除了这些明显的谬误外，有一点最能反映出创造这幅计算机画面的人思维的变态和混乱：在这城市的所有空间，都飘浮着一些奇形怪状的物体，它们大的直径有两三米，小的也有半米，有的像一块破碎的海绵，有的像一根弯曲的大树枝。那些东西缓慢地飘浮着，有一根大树枝飘向平台上的那个姑娘，她轻轻推开了它，那大树枝又打着转儿向远处飘去……先行者理解这些，在一个濒临毁灭的世界中，人们是不会有清晰和正常的思维的。

这可能是某种自动装置，在这大灾难前被人们深埋地下，躲过了高温和辐射，后来又自动升到这个已经毁灭的世界的地面上。这装置不停地监视着太空，监测到零星回到地球的飞船时就自动发射那个画面，给那些幸存者以这样糟糕透顶又滑稽可笑的安慰。

"这么说，后来又发射过方舟飞船？"先行者问。

"当然，又发射了十二艘呢！"那姑娘说。不提这个荒诞变态的画面的其他部分，这个姑娘设计得倒是真不错。她那融合东西方精华的姣好的面容露出一副天真的样子，仿佛她仰望的整个宇宙是一个大玩具。那双大眼睛好像会唱歌。还有她的长发，好像失重似的永远飘在半空不落下，使得她看上去像身处海水中的美人鱼。

"那么，现在还有人活着吗？"先行者问，他最后的希望像野火一样燃烧起来。

"是您这样的人吗？"姑娘天真地问。

"当然是我这样的真人，不是你这样用计算机造出来的虚拟人。"

"前一艘'方舟号'是在七百三十年前回来的，您是最后一艘回归的'方舟号'了。请问你船上还有女人吗？"

"只有我一个人。"

"您是说没有女人了？"姑娘吃惊地瞪大了双眼。

"我说过只有我一人。在太空中还有没回来的其他飞船吗？"

姑娘把两只白嫩的小手儿在胸前绞着，"没有了！我好难过好难过啊！您是最后一个这样的人了，如果，呜呜……如果不克隆的话……呜呜……"这姑娘捂着脸哭起来，广场上的人群也是一片哭声。

先行者的心沉到谷底，人类的毁灭最后得到了证实。

"您怎么不问我是谁呢？"姑娘又抬起头来仰望着他说。她又恢复了那副天真的神色，好像转眼就忘了刚才的悲伤。

"我没兴趣。"

姑娘娇滴滴地大喊："我是地球领袖啊！"

"对，她是地球联合政府的最高执政官！"下面的人也都一齐闪电般地由悲伤转为兴奋。这真是个拙劣到家的制品。

先行者不想再玩这种无聊的游戏了，他起身要走。

"您怎么这样？首都的全体公民都在这儿迎接您，前辈，您不要不理我们啊！"姑娘带着哭腔喊。

先行者想起了什么，转过身来问："人类还留下了什么？"

"照我们的指引着陆，您就会知道！"

三　首都

先行者进入了着陆舱，把"方舟号"留在轨道上，在那束信息波的指引下开始着陆。他戴着一副视频眼镜，可以从其中的一个镜片上看到信息波传来的那个画面。

"前辈，您马上就要到达地球首都了，这虽然不是这个星球上最大的城市，但肯定是最美丽的城市，您会喜欢的！不过，您的落点要离城市远些，我们不希望受到伤害……"画面上那个自称地球领袖的女孩还在喋喋不休。

先行者在视频眼镜中换了一个画面，显示出着陆舱正下方的区域，现在高度只有一万多米了，下面是一片黑色的荒原。

后来，画面上的逻辑更加混乱起来，也许是几千年前那个画面的构造者情绪沮丧到了极点，也许是发射画面的计算机的内存在这几千年的漫长岁月中老化了。画面上，那姑娘开始唱起歌来：

> 啊，尊敬的使者，你来自宏纪元！
> 辉煌的宏纪元，
> 伟大的宏纪元，
> 美丽的宏纪元，
> 你是烈火中消逝的梦……

这个漂亮的姑娘唱着唱着就开始跳起来，她一下从平台跳上几十米的半空，落到平台上后又一跳，居然飞越了大半个广场，落到广场边上的一座高楼顶上，又一跳，飞过整个广场，落到另一边，看上去像一只迷人的小跳蚤。她有一次在空中抓住一根几米长的奇形怪状的大树干，那根大树干载着她在人海上空盘旋，她在上面优美地扭动着苗条的身躯。

下面的人海沸腾起来，所有人都大声合唱："宏纪元，宏纪元……"每个人轻轻一跳就能升到半空，以至整个人群看起来如同撒到振动鼓面上的一把沙子。

先行者实在受不了了，他把声音和图像一齐关掉。他现在知道了，大灾难前的人们嫉妒他们这些跨越时空的幸存者，所以才做了这些变态的东西来折磨他们。但过了一会儿，当那画面带来的烦恼消失一些后，当感觉到着陆舱接触地面时，他产生了一个幻觉：也许他真的降落在一个高空看不清楚的城市中？当他走出着陆舱，站在那一望无际的黑色荒原上时，幻觉消失，失望使他浑身冰冷。

先行者小心地打开宇宙服的面罩，一股寒气扑面而来，空气很稀薄，但能维持人的呼吸。气温在零下40℃左右。天空呈现一种大灾难前黎明和黄昏时的深蓝色，但现在太阳正当空照耀着。先行者摘下手套，没有感到它的热力。由于空气稀薄，阳光散射较弱，天空中能看到几颗较亮的星星。先行者脚下是刚凝结了两千年左右的大地，到处可见岩浆流动的波纹形状，地面虽已开始风化，仍然很硬，土壤很难见到。这带波纹的大地伸向天边，其间有一些小小的丘陵。在另一个方向，可以看到冰封的大海在地平线处闪着白光。

先行者仔细打量四周，看到了信息波的发射源，那儿有一个镶在地面岩石中的透明半球护面，直径大约有一米，半球护面下似乎掩着一片很复杂的结构。他还注意到远处的地面上还有几个这样的透明半球，相互之间相隔二三十米，像地面上的几个大水泡，反射着阳光。

先行者又在他的左镜片中打开了画面。在计算机的虚拟世界中，那个恬不知耻的小骗子仍在那根飘浮在半空中的大树枝上忘情地唱着扭着，并不时向他送飞吻，下面广场上所有的人都在向他欢呼。

......

宏伟的宏纪元！

浪漫的宏纪元！

忧郁的宏纪元！

脆弱的宏纪元！

......

先行者木然地站着，深蓝色的苍穹中，明亮的太阳和晶莹的星星在闪耀，整个宇宙围绕着他——最后一个人类。

孤独像雪崩一样埋住了他，他蹲下来捂住脸抽泣起来。

歌声戛然而止，视频画面中的所有人都关切地看着他。那姑娘骑在半空中的大树枝上，突然嫣然一笑："您对人类就这么没信心吗？"

这话中有一种东西使先行者浑身一震，他真的感觉到了什么，站起身来。他突然注意到，左镜片画面中的城市暗了下来，仿佛阴云在一秒钟内遮住了天空。他移动脚步，城市立即亮了起来。他走到那个透明半球旁，伏身向里面看，他看不清里面那些密密麻麻的细微结构，但看到左镜片中的画面上，城市的天空立刻被一个巨大的东西占据了。

那是他的脸。

"我们看到您了！您能看清我们吗？去拿个放大镜吧！"姑娘大叫起来，广场上的人海再次沸腾起来。

先行者明白了一切。他想起了那些跳下高楼的人们，在微小环境下重力是不会造成伤害的，同样，在那样的尺度下，人也可以轻易地跃上（几百微米）的高楼。那些大水晶球实际上就是水，在微小的尺度下，水的表面张力处于统治地位，那是一些小水珠，人们从这些水珠中抓出来喝的水珠就更小了。城市空间中飘浮的那些看上去有几米长的奇怪东西，包括载着姑娘飘浮的大树枝，只不过是空气中细微的灰尘。

那个城市不是虚拟的，它就像两万五千年前人类的所有城市一样真实，它就在这个一米直径的半球形透明玻璃罩中。

人类还在，文明还在。

在微型城市中，飘浮在树枝上的姑娘——地球联合政府最高执政官，向几乎占满整个天空的先行者自信地伸出手来。

"前辈，微纪元欢迎您。"

四　微人类

"在大灾难到来前的一万七千年中，人类想尽了逃生的办法，其中最容易想到的是恒星际移民，但包括您这艘在内的所有方舟飞船都没有找到带有可居住行星的恒星。即使找到了，以大灾难前一个世纪人类的宇航技术，连移民千分之一的人类都做不到。另一个设想是移居到地层深处，躲过太阳能量闪烁后再出来。这不过是拖长死亡的过程而已，大灾难后地球的生态系统将被完全摧毁，养活不了人类的。

"有一段时期，人们几乎绝望了。但那时一位基因工程师的脑海中闪现了一个这样火花：如果把人类的体积缩小十亿倍会怎么样？这样，人类社会的尺度也缩小了十亿倍，只要有很微小的生态系统，消耗很微小的资源就可生存下来。很快，全人类都意识到这是拯救人类文明唯一可行的办法。这个设想是以两项技术为基础的。其一是基因工程，在修改人类基因后，人类将缩小至 10 微米左右，只相当于一个细胞大小，但其身体的结构完全不变。做到这点是完全可能的，人和细菌的基因本来就没有太大的差别。另一项是纳米技术，这是一项在 20 世纪就发展起来的技术，那时人们已经能造出细菌大小的发电机了，后来人们可以在纳米尺度下造出从火箭到微波炉的一切设备，只是那些纳米工程师做梦都不会想到他们的产品的最后用途。

"培育第一批微人类近似于克隆：从一个人类细胞中抽取全部遗传信息，然后培育出同主体一模一样的微人，但其体积只是主体的十亿分之一。从此以后，他们就同宏人（微人对你们的称呼，他们还把你们的时代叫宏纪元）一样生育后代了。

"第一批微人的亮相极富戏剧性。有一天，大约是您的飞船启航后一万二千年吧，全球的电视上都出现了一个教室，教室中有三十个孩子在上课，画面极其普通，孩子是普通的孩子，教室是普通的教室，看不出任何特别之处。但镜头拉开，人们发现这个教室是放在显微镜下拍摄的……"

"我想问，"先行者打断最高执政官的话，"以微人这样微小的大脑，能达到宏人的智力吗？"

"那么，您认为我是个傻瓜了？鲸鱼也并不比您聪明！智力不是由大脑的大小决定的。以微人大脑中的原子数目和它们的量子状态的数目来说，其信息处理能力是像宏人大脑一样……嗯，您能请我们到那艘大飞船上去转转吗？"

"当然，很高兴，可……怎么去呢？"

"请等我们一会儿！"

于是，最高执政官跳上了半空中一个奇怪的飞行器，那飞行器就像一片带螺旋桨的大羽毛。接着，广场上的其他人也都争着往那片"羽毛"上跳。这个社会好像完全没有等级观念，那些从人海中随机跳上来的人肯定是普通平民，他们有老有少，但都像那个最高执政官姑娘一样一身孩子气，兴奋得吵吵闹闹。这片"羽毛"上很快挤满了微人，空中不断出现新的"羽毛"。每片刚出现，就立刻挤满了跳上来的微人。最后，城市的天空中飘浮着几百片载满微人的"羽毛"，他们在最高执政官所在那片"羽毛"的带领下，浩浩荡荡地向一个方向飞去。

先行者再次伏在那个透明半球的上方，仔细地观察着里面的微城市。这一次，他能分辨出那些摩天大楼了，它们看上去像一片密密麻麻的直立的火柴棍。先行者穷极自己的目力，终于分辨出那些像羽毛的交通工具，它们像一杯清水中漂浮的细小的白色微粒，如果不是几百片一群，根本无法分辨出来。凭肉眼看到微人是不可能的。

在先行者视频眼镜的左镜片中，那由一个微人摄像师用小得无法想象的摄像机实况拍摄的画面仍很清晰，现在那摄像师也在一片"羽毛"上。先行者发现，在微城市的交通中，碰撞是一件随时都在发生的事。那群快速飞行的"羽毛"不时撞在一起，撞在空中飘浮的巨大尘粒上，甚至不时迎面撞到高耸的摩天大楼上！但飞行器和它的乘员都安然无恙，似乎没有人去注意这种碰撞。其实，这是个初中生都能理解的物理现象：物体的尺寸越小，整体强度就越高。两辆自行车碰撞与两艘万吨轮船碰撞的后果是完全不一样的。如果两粒尘埃相撞，它们会毫无损伤。微世界的人们似乎都有金刚不坏之躯，毫不担心自己会受伤。当"羽毛"群飞过时，旁边的摩天大楼上不时有人从窗中跃出，想跳上其中的一片。这并不总是能成功的，于是那人就从"几百米"处开始了令先行者头晕目眩的下坠，而那些下坠中的微人，还在神情自若地同经过大楼窗子中的熟人打招呼！

"呀，您的眼睛像黑色的大海，好深好深，带着深深的忧郁呢！您的忧郁罩住了我们的城市，您把它变成一个博物馆了！呜呜呜……"最高执政官又伤心地哭了起来，别的人也都同她一起哭，任他们乘坐的"羽毛"在摩天大楼间撞来撞去。

先行者也从左镜片中看到了城市的天空中自己那双巨大的眼睛，那放大了上亿倍的忧郁深深震撼了他自己。"为什么是博物馆呢？"先行者问。

"因为只有在博物馆中才有忧郁，微纪元是无忧无虑的纪元！"最高执政官高声欢呼，尽管泪滴还挂在她那娇嫩的脸上，但她已完全没有悲伤的痕迹了。

"我们是无忧无虑的纪元！"其他人也都忘情地欢呼起来。

先行者发现，微纪元人类的情绪变化比宏纪元快上百倍，这变化主要表现在悲伤和忧郁这类负面情绪上，他们能在一瞬间从这种情绪中跃出。还有一个发现让他更惊奇：由于这类负面情绪在这个时代十分少见，以至于微人们把它当成了稀罕物，一有机会就迫不及待地去体验。

"您不要像孩子那样忧郁，您很快就会发现，微纪元没有什么可忧虑的！"

这话使先行者万分惊奇，他早看到微人的精神状态很像宏时代的孩子，但比孩子的精神状态还要夸张许多倍才真正像他们。"你是说，在这个时代，人们越长越……越幼稚？"

"我们越长越快乐！"最高执政官说。

"对，微纪元是越长越快乐的纪元！"众人大声应和着。

"但忧郁也是很美的，像月光下的湖水，它代表着宏时代的田园爱情，呜呜呜……"最高执政官又大放悲声。

"对，那是一个多美的时代啊！"其他微人也眼泪汪汪地附和着。

先行者笑起来："你们根本不知道什么是忧郁，小人儿，真正的忧郁是哭不出来的。"

"您会让我们体验到的！"最高执政官又恢复到兴高采烈的状态。

"但愿不会。"先行者轻轻地叹息说。

"看，这就是宏纪元的纪念碑！"当"羽毛"群飞过另一个城市广场时，最高执政官介绍说。先行者看到那个纪念碑是一根粗大的黑色柱子，有过去的巨型电视塔那么粗，表面覆盖着无数片车轮大小的黑色巨瓦，叠合成鱼鳞状，高耸入云。他看了好长时间才明白，那是一根宏人的头发。

五　宴会

"羽毛"群从半球形透明罩上的一个看不见的出口飞了出来。这时，最高执政官在视频画面中对先行者说："我们距您那个飞行器有一百多千米呢！我们还是落到您的手指上，您把我们带过去会快些。"

先行者回头看看身后不远处的着陆舱，心想，他们可能把计量单位也都微缩了。他伸出手指，"羽毛"群落了上来，看上去像是在手指上飘落的一小片白色粉末。

从视频画面中先行者看到，自己的指纹如一道道半透明的山脉，降落在其上的"羽毛"飞行器显得很小。最高执政官第一个从"羽毛"上跳下来，立刻摔了个四脚朝天。

"太滑了，您是油性皮肤！"她抱怨着，脱下鞋子，远远地扔了出去，光着脚丫好奇地来回转着，其他人也都下了"羽毛"，先行者手指上的半透明山脉间现在有了一片人海。先行者粗略估计了一下，他的手指上现在有一万多微人！

先行者站起来，伸着手指小心翼翼地向着陆舱走去。

刚进入着陆舱，微人群中就有人大喊："哇，看那金属的天空，人造的太阳！"

"别大惊小怪，像个白痴！这只是小渡船，上面那个才大呢！"最高执政官训斥道。但她自己也惊奇地四下张望，然后又同众人一起唱起那支奇怪的歌来：

> 辉煌的宏纪元，
>
> 伟大的宏纪元，
>
> 忧郁的宏纪元，
>
> 你是烈火中消逝的梦……

在着陆舱起飞飞向"方舟号"的途中，地球领袖继续讲述微纪元的历史。

"微人社会和宏人社会共存了一个时期，在这段时间里，微人完全掌握了宏人的知识，并继承了他们的文化。同时，微人在纳米技术的基础上，发展起了一个十分先进的技术文明。这宏纪元向微纪元的过渡时期大概有，嗯，二十代人左右吧！

"后来，大灾难临近，宏人不再进行传统生育了，他们的数量一天天减少；而微人的人口飞快增长，社会规模急剧增大，很快超过了宏人。这时，微人开始要求接管世界政权，这在宏人社会中激起了轩然大波。顽固派们拒绝交出政权，用他们的话说，怎么能让一帮细菌领导人类呢？于是，在宏人和微人之间爆发了一场世界大战！"

"那对你们可太不幸了！"先行者同情地说。

"不幸的是宏人，他们很快就被击败了。"

"这怎么可能呢？他们一个人用一把大锤就可以捣毁你们一座上百万人的城市。"

"可微人不会在城市里同他们作战的。宏人的那些武器对付不了微人这样看不见的敌人。他们能使用的唯一武器就是消毒剂，而他们在整个文明史上一直用这东西同细菌作战，最后也并没有取得胜利。他们现在要战胜的是和他们同等智商的微人，取胜就更没可能了。他们看不到微人军队的调动，而微人可以轻而易举地在他们眼皮底下腐蚀掉他们的计算机的芯片。没有计算机，他们还能干什么呢？大不等于强大。"

"现在想想是这样。"

"那些战犯得到了应有的下场，几千名微人的特种部队带着激光钻头空降到他们的视网膜上……"最高执政官恶狠狠地说。

"战后，微人取得了世界政权，宏纪元结束了，微纪元开始了！"

"真有意思！"

登陆舱进入了近地轨道上的"方舟号"。微人们乘着"羽毛"四处观光。这艘飞船之巨大令微人们目瞪口呆。先行者本想从他们那里听到赞叹的话，但最高执政官这样告诉他自己的感想："现在我们知道，就算没有太阳的能量闪烁，宏纪元也会灭亡的。你们对资源的消耗是我们的几亿倍！"

"但这艘飞船能够以接近光速的速度飞行，可以到达几百光年远的恒星。小人儿，这件事，只能在巨大的宏纪元来做。"

"我们目前确实做不到，我们的飞船现在只能达到光速的十分之一。"

"你们能宇宙航行？"先行者大惊失色。

"当然不如你们。微纪元的飞船最远到达金星，刚收到他们的信息，说那里现在比地球更适合居住。"

"你们的飞船有多大？"

"大的有你们时代的，嗯，足球那么大，可运载十几万人；小的嘛，只有高尔夫球那么大，当然是宏人的高尔夫球。"

现在，先行者最后的一点儿优越感也荡然无存了。

"前辈，您不请我们吃点儿什么吗？我们饿了！"当所有"羽毛"飞行器重新聚集到"方舟号"的控制台上时，地球领袖代表所有人提出要求，几万个微人在控制台上眼巴巴地看着先行者。

"我从没想到会请这么多人吃饭。"先行者笑着说。

"我们不会让您太破费的！"女孩怒气冲冲地说。

先行者从贮藏舱拿出一听午餐肉罐头，打开后，他用小刀小心地剜下一小块，放到控制台上那一万多微人的旁边。他能看到他们所在的位置，那是控制台上一小块比硬币大些的圆形区域，那区域只是光滑度比周围差些，像在上面呵了口气一样。

"怎么拿出这么多？这太浪费了！"最高执政官指责道，从面前的大屏幕上可以看到，在她身后，人们涌向一座巍峨的肉山，从那粉红色的山体里抓出一块块肉来大吃着。再看看控制台上，那一小块肉丝毫不见减少。屏幕上，拥挤的人群很快散开了，有人还把没吃完的肉扔掉，最高执政官拿着一块咬了一口的肉摇摇头。

"不好吃。"她评论说。

"当然，这是在生态循环机中合成的，味道肯定好不了。"先行者充满歉意地说。

"我们要喝酒！"最高执政官又提出要求，这引起了微人们的一片欢呼。先行者吃惊不小，因为他知道酒是能杀死微生物的！

"喝啤酒吗？"先行者小心翼翼地问。

"不，喝苏格兰威士忌或莫斯科伏特加！"地球领袖说。

"茅台酒也行！"有人喊。

先行者还真有一瓶茅台酒，那是他自启航时一直保留在"方舟号"上，准备在找到新殖民行星时喝的。他把酒拿了出来，把那白色瓷瓶的盖子打开，小心地把酒倒在盖子中，放到人群的边上。他在屏幕上看到，人们开始攀登瓶盖那道似乎高不可攀的悬崖绝壁。光滑的瓶盖在微尺度下有大块的突出物。微人用他们上摩天大楼的本领很快攀到了瓶盖的顶端。

"哇，好美的大湖！"微人们齐声赞叹。在屏幕上，先行者看到那个广阔酒湖的湖面由于表面张力而呈巨大的弧形。微人记者的摄像机一直跟着最高执政官。这个女孩用手去抓酒，但够不着。她接着坐到瓶盖沿上，用一支白嫩的小脚在酒面上划了一下。她的脚立刻包在一个透明的酒珠里。她把脚抬上来，用手从脚上那个大酒珠里抓出了一个小酒珠，放进嘴里。

"哇，宏纪元的酒比微纪元的好多了。"她满意地点点头。

"很高兴，我们还有比你们好的东西，不过，你这样用脚够酒喝，太不卫生了。"

"我不明白。"她不解地仰望着他。

"你光脚走了那么长的路,脚上会有病菌什么的。"

"啊,我想起来了!"最高执政官大叫一声,从旁边一个随行者的手中接过一个箱子。她把箱子打开,从中取出一个活物,那是一个足球大小的圆家伙,长着无数只乱动的小腿。她抓住其中一只小腿,把那东西举了起来。"看,这是我们的城市送您的礼物!乳酸鸡!"

先行者努力回忆着他的微生物学知识:"你说的是……乳酸菌吧!"

"那是宏纪元的叫法,这就是使酸奶好吃的动物,它是有益的动物!"

"有益的细菌。"先行者纠正说,"现在我知道细菌确实伤害不了你们,我们的卫生观念不适合微纪元。"

"那不一定,有些动物,呵,细菌,会咬人的,比如大肠肝狼,战胜它们需要体力,但大部分动物,像酵母猪,是很可爱的。"最高执政官说着,又从脚上取下一团酒珠送进嘴里。当她抖掉脚上剩余的酒球站起来时,已醉得摇摇晃晃了,舌头也有些打不过转儿来。

"真没想到人类连酒都没有失传!"

"我……我们继承了人类所有美好的东西，但那些宏人却认为我们无权代……代表人类文明……"最高执政官可能觉得天旋地转，又一屁股坐在地上。

"我们继承了人类所有的哲学，西方的、东方的、希腊的、中国的！"人群中有一个声音说。

最高执政官坐在那儿，向天空伸出双手，大声朗诵着："没人能两次进入同一条河流；道生一，一生二，二生三，三生万……万物！

"我们欣赏凡·高的画，听贝多芬的音乐，演莎士比亚的戏剧！"

"活着还是死了，这是个……是个问题！"最高执政官又摇摇晃晃地站起，扮演起哈姆雷特来。

"但在我们的纪元，你这样的女孩是做梦也当不了世界领袖的。"先行者说。

"宏纪元是忧郁的纪元，有着忧郁的政治；微纪元是无忧无虑的纪元，需要快乐的领袖。"最高执政官说，她现在看起来清醒了许多。

"历史还没……没讲完，刚才讲到，哦，战争，宏人和微人间的战争，后来微人之间也爆发过一次世界大战……"

"什么？不会是为了领土吧？"

"当然不是，在微纪元，要是有什么取之不尽的东西的话，就是领土了。是为了一些……一些宏人无法理解的事，在一场最大的战役中，战线长达……哦，按你们的计量单位吧，一百多米，那是多么广阔的战场啊！"

"你们所继承的宏纪元的东西比我想象的多多了。"

"再到后来，微纪元就集中精力为即将到来的大灾难做准备了。微人用了五个世纪的时间，在地层深处建造了几千座超级城市，每座城市在您看来只是一个直径两米的不锈钢大球，可居住上千万人。这些城市都建在地下八万千米深处……"

"等等！地球半径只有六千千米。"

"哦，我又用了我们的单位，那是你们的，嗯，八百米深吧！当太阳能量闪烁的征兆出现时，微世界便全部迁移到地下。然后，然后就是大灾难了。

"在大灾难后的四百年，第一批微人从地下城中沿着宽大的隧道（大约有宏人时代的自来水管的粗细）用激光钻透凝结的岩浆来到地面；又过了五个世纪，微人在地面上建起了人类的新世界，这个世界有上万个城市，一百八十亿人口。

"微人对人类的未来是乐观的，这种乐观之巨大的毫无保留，是宏纪元的人们无法想象的。这种乐观的基础，就是微纪元社会尺度的微小，这种微小使人类在宇宙中的生存能力增强了上亿倍。

比如您刚才打开的那听罐头，够我们这座城市的全体居民吃一到两年，而那个罐头盒，又能满足这座城市一到两年的钢铁消耗。"

"作为一个宏纪元的人，我更能理解微纪元文明这种巨大的优势，这是神话，是史诗！"先行者由衷地说。

"生命进化的趋势是向小的方向，大不等于伟大，微小的生命更能同大自然保持和谐。巨大的恐龙灭绝了，同时代的蚂蚁却生存下来。现在，如果有更大的灾难来临，一艘像您的着陆舱那样大小的飞船就可能把全人类运走，在太空中一块不大的陨石上，微人也能建立起一个文明，创造一种过得去的生活。"

沉默了许久，先行者对着他面前占据硬币般大小的微人人海庄严地说："当我再次看到地球时，当我认为自己是宇宙中最后一个人时，我是全人类最悲哀的人，哀莫大于心死，没有人曾面对过那样让人心死的境地。但现在，我是全人类最幸福的人，至少是宏人中最幸福的人，我看到了人类文明的延续，其实用文明的延续来形容微纪元是不够的，这是人类文明的升华！我们都是一脉相传的人类，现在，我请求微纪元接纳我作为你们社会中一名普通的公民。"

"自我们探测到'方舟号'时，我们已经接纳您了，您可以到地球上生活，微纪元供应您一个宏人的生活还是不成问题的。"

"我会生活在地球上，但我需要的一切都能从'方舟号'上得到，飞船的生态循环系统足以维持我的残生了，宏人不能再消耗地球的资源了。"

"但现在情况正在好转，除了金星的气候正变得适于人类外，地球的气温也正在转暖，海洋正在融化，可能到明年，地球上很多地方将会下雨，将能生长出植物。"

"说到植物，你们见过吗？"

"我们一直在保护罩内种植苔藓，那是一种很高大的植物，每个分支有十几层楼高呢！还有水中的小球藻……"

"你们听说过草和树木吗？"

"您是说，那些像高山一样巨大的宏纪元植物吗？唉，那是上古时代的神话了。"

先行者微微一笑："我要办一件事情，回来时，我将给你们看我送给微纪元的礼物，你们会很喜欢那些礼物的！"

六 新生

先行者独自走进了"方舟号"上的一间冷藏舱，冷藏舱内整齐地摆放着高大的支架，支架上放着几十万个密封管，那是种子库，其中收藏了地球上几十万种植物的种子，这是"方舟号"准备带往遥远的移民星球上去的。还有几排支架，那是胚胎库，冷藏了地球上十几万种动物的胚胎细胞。

明年气候变暖时，先行者将到地球上去种草，这几十万类种子中，有生命力极强的能在冰雪中生长的草，它们肯定能在现在的地球上种活的。

只要地球的生态能恢复到宏时代的十分之一，微纪元就拥有了一个天堂中的天堂，事实上，地球能恢复的可能远不止于此。先行者沉醉在幸福的想象之中，他想象着当微人们第一次看到那棵顶天立地的绿色小草时的狂喜。那么一小片草地呢？一小片草地对微人意味着什么？一个草原！一个草原又意味着什么？那是微人的一个绿色的宇宙了！草原中的小溪呢？当微人们站在草根下看着清澈的小溪时，他们眼中浮现的是何等壮丽的奇观啊！地球领袖说过会下雨，会下雨就会有草原，就会有小溪的！还一定会有树。天哪，树！先行者想象着一支微人探险队，从一棵树的根部出发开始他们漫长而奇妙的旅程，每一片树叶，对他们来说都是一片一望无际的绿色平原……还会有蝴蝶，它的双翅是微人眼中横贯天空的彩云；还会有鸟，每一声啼鸣在微人耳中都是一声来自宇宙的洪钟……是的，地球生态资源的千亿分之一就可以哺育微纪元的一千亿人口！现在，先行者终于理解了微人们向他反复强调的一个事实。

微纪元是无忧无虑的纪元。

没有什么能威胁到微纪元，除非……

先行者打了一个寒战，他想起了自己要干的事，这事一秒钟也不能耽搁了。他走到一排支架前，从中取出了一百支密封管。

这是他同时代人的胚胎细胞，宏人的胚胎细胞。

先行者把这些密封管放进激光废物焚化炉，然后又回到冷藏库仔细看了好几遍，在确认没有漏掉这类密封管后，他回到焚化炉边，毫不动感情地按下了按钮。

在激光束几十万摄氏度的高温下，装有胚胎的密封管瞬间气化了。

穴居进化史 / 宝树

重回文明原点

一　公元前 105803245 年

咚！咚！咚！

大地有规律地震颤着，一下又一下，由远而近，由小而大，由轻微而猛烈。

卡卡躲在黑暗中，耳朵贴在洞壁上，警觉地听着来自上面的声音。它知道这意味着什么，一头用两条后腿行走的巨兽正走过它的寓所上方。它知道这是巨兽对自己领土的日常巡视，没什么可怕的。但大地的震动令它没有逻辑思维能力的大脑也直观地意识到，那森林之王拥有何等的体型和重量。有时候，它周围抖动得如此厉害，让它觉得，自己辛辛苦苦建造的房屋仿佛就要在巨兽的践踏下整个崩塌下来，埋入大地深处。

但这并没有发生，巨兽一步步走过它的头顶，慢慢走远了。

卡卡松了一口气，它知道自己暂时安全了，可以上到地面。它迅速穿过自己挖出的复杂隧道，在一丛蕨叶的后面露出毛茸茸的小脑袋和尖鼻子。巨兽刚刚走过，周围一片静谧。卡卡大胆地钻出来，惬意地伸了个懒腰，在清晨的空气中深深嗅着，寻找着食物的气息。

　　用不着多嗅，它尖锐的眼睛就看到了一块石头上伏着一个褐色的小东西。卡卡顿时兴奋起来，它知道那是一只蜥蜴，肥美而多汁，可以供自己饱餐一顿。一早上就碰到这顿美食，真是好运气。

　　卡卡蹑着脚，向自己的早餐走去，在蜥蜴觉察到危险之前，就迅捷地按住了它的尾巴。但蜥蜴立刻反应过来，扭动着身体挣断了尾巴，窜入石头下，在蕨丛下的真菌和苔藓间灵活地穿行着。卡卡快步追在它后面，狩猎的本能让它浑身的血液都沸腾起来了。

　　但蜥蜴及时钻进一个树洞，很快不见了。卡卡尝试着把头伸进去，但失败了。虽然它自己的体型并不大，但是那个树洞更小。卡卡沮丧极了。不过一分钟后，它就忘了自己在这里干什么。它还嗅得到蜥蜴的味道，但已忘记它在哪里了，只是迷惑地四下打转。

　　一个长长的影子蓦然出现在它背后，卡卡一转身就看到了，它顿时毛发直竖。那是一只硕大的怪鸟，不过事实上那并不是真正的鸟。它两腿着地，浑身覆盖着羽毛，但没有翅膀，在鸟的翅膀原本所在的地方，是一对灵活的前肢，末端是两只尖锐的长爪。卡卡很熟悉这种动物，它知道这是自己的天敌，它的爪子可以像自己撕开蜥蜴那样轻松地撕裂自己的身体。

卡卡扭头没命地狂奔起来，怪鸟大步跟在它背后，尖声鸣叫着，前爪不住地向下扑击。卡卡感到了背后死亡的腥风，它在苏铁树间绕来绕去，绝望地试图甩掉它，但怪鸟却不依不饶地跟在背后。

卡卡设法寻找着回家的道路，它知道只有那儿才是自己绝对安全的避难所。它有限的大脑储备不足以理解空间结构，但经验让它本能地寻找着熟悉的场景，一棵树引向另一棵树，一块石头后面是一蓬草丛……近了，更近了……

终于，一个亲切的入口出现在面前，谢天谢地，它挖了不止一个洞口，很快就可以回到家里了！

当卡卡正要钻进洞里时，一只冰冷的爪子无情地按住了它，卡卡竭力尖叫着、挣扎着，但是无济于事，它的背已经被划破，鲜血直流，怪鸟硕大的脑袋和狰狞的长吻朝它俯了下来……

这时，卡卡看到，在怪鸟背后出现了另一个更大的黑色头颅，光这个头，就比怪鸟的整个身体还要大，那是森林之王的脑袋。

这可怕的巨兽，竟然无声无息地出现在这里，但还不够塞牙缝的卡卡当然不是它的目标。

怪鸟不知怎么，感觉到了身后的危险，它终于放开了卡卡，咯咯叫着，惊恐地向前跑去。

巨兽一声大吼，令整个森林颤抖起来。卡卡浑身瘫软，侧倒在地上。它看到巨兽的大足从自己头顶跨过，落在离它还不到一个身体长度的地方。巨兽的长尾摆动着，扫过整个天空，似乎要将整座苏铁树林都扫倒。没几步，巨兽的獠牙就咬住了可怜的怪鸟。一阵徒劳的挣动和哀鸣之后，刚才还威风凛凛的狩猎者便成为奉献给森林之王的牺牲。

一块鲜血淋漓、热气腾腾的肉从空中掉了下来，落在卡卡身边，还带着几根羽毛，不知道是怪鸟身体的哪个部分。卡卡总算反应过来，敏捷地叼起那块肉，一瘸一拐地跑回了自己的洞穴。

这一次的遭遇让卡卡知道了自己的宿命，它永远只能留在洞穴周围，越少出去越好。外面是巨兽和怪鸟们的天下，而它自己的空间小得可怜。

在黑暗中，卡卡吃饱了，觉得安全而又惬意。背上已经渐渐不疼了，早上的恐怖也已被遗忘，它觉得只要能躲在自己的洞穴里，远离那些危险，日子还是很舒心的。它模糊地想起自己小时候，在另一个洞里，在母亲的怀中，吸吮着乳腺中分泌出来的甘甜汁液……那是多么快乐的时光啊！

当天夜里，卡卡做了一个梦。它梦见有朝一日，自己从洞穴里出来，身体越长越大，变成了一种新的巨兽，它不是四肢着地，而是像巨兽和怪鸟一样用后腿直立行走，成了整个森林的主人，一切都匍匐在它脚下，任它予取予求，并且走得更远更远，征服了地平线以外，那些它既不知道、也无法想象的世界……

据说，那是哺乳动物的第一个梦。

二　公元前 30492 年

阿鲁躺在岩洞深处，远离人们围着的篝火。属于他的那块冰冷石头上没有舒适的兽皮，只有一堆脏兮兮的干草。已经是深夜了，外面下着大雪，气温下降得很厉害。阿鲁感到寒气已经闯入了洞穴，包裹着他的身子，正在侵蚀进他裸露的皮肤底下。

阿鲁向篝火望去，他也想躺在篝火边上，享受松木所带来的光明和温暖，但那里围着的都是些强壮有力的猎人和他们的女人。阿鲁只要稍微走近几步，就会被他们揍得鼻青脸肿后一脚踢开。阿鲁已经试了许多次，不敢再去找打了。

火堆边上传来"啪啪"的声音和女人低低的呻吟，阿鲁朝声音传来的方向望去，看到了膀大腰圆的阿熊骑在果果身上，正呼哧呼哧地在她青春气息十足的躯体上发泄着欲望。篝火将一男一女动作的影子映在洞壁上，显得格外魅惑。

阿鲁眼馋地吞了口唾沫，果果是部族里最年轻漂亮的女孩，每个男人都喜欢，当然也包括他，但平常他总凑不到她跟前。前些日子，他总算鼓起勇气，在灌木丛里摘了一把野果送给果果，女孩正要接过的时候，阿熊出现在他背后，一巴掌把他打到边上去，然后把一条血淋淋的鹿腿扔在果果跟前。果果脸上立即出现了惊喜的表情，把鹿腿捧了起来。阿熊咧嘴一笑，一把抱起果果到了一棵松树后面，而被打得晕头转向的阿鲁哼哼唧唧了半天才爬起来……

阿鲁也想弄到一条鹿腿送给果果，但他力气小、跑不快，布陷阱的水平也不敢恭维，打到好猎物的机会微乎其微。有一次他好不容易逮住了一只肥兔子，也被阿熊和阿豹他们一把抢走，打了牙祭。这种情况下，哪儿有他送出去的份？最漂亮的女人归最强壮的猎人，这个世界的游戏规则就是这么简单。

狩猎永远是阿鲁心头的噩梦，他的舅舅就是在打猎时被一头猛犸象活活踩死的；他的哥哥也没能幸免，被一头剑齿虎咬掉了半只胳臂，伤口化脓，没几天就死掉了。每天阿鲁都要和其他男人一起冒着严寒去雪原上集体狩猎，却只能分到骨头和脚掌这样微薄的部分——如果能分到的话。阿鲁害怕打猎，即使对果果的迷恋也没法让他成为一个好猎人，因为他知道他天生不能。对他来说，山洞是最令他放松的处所。只有在这里，他才能找到外面没有的安全感。

篝火那边，阿熊发出一声低吼，身体抖动了几下，便搂着果果倒在兽皮上呼呼睡去。寒冷却让阿鲁难以入睡。他坐起身，从干草下拿出半截烧焦的木棒，在岩壁上涂抹了起来，不久，一头栩栩如生的野牛轮廓出现在洞壁上，然后是一只跳跃的小鹿。

这是阿鲁唯一的技能，也是部族里其他任何人都不会的技能，他几乎能够画出任何动物的形象。人们在他画出的线条前都感到困惑，他们知道，这些单薄的形象并不是真的动物，却让他们觉得那是一只动物，他们不知道这是怎么回事。有一次，阿熊看到阿鲁画了一头野牛，迷惑地看了半天，越来越烦躁，最后大吼一声，把阿鲁按倒在地上揍了一顿，禁止他再作画。但凑巧，那天他们居然真的打到了一头野牛。有人说那是阿鲁的奇怪符号带来的好运。阿熊当然嗤之以鼻，不过对阿鲁的古怪行径总算是睁一只眼闭一只眼了。

阿鲁又画了一头狮子，他不是第一次画狮子，但这次在狮子身边，他添了一个男人，拿着一根木叉，又向狮子。画上的男人只是几笔简略的轮廓，看不出任何特征。但是阿鲁在心里说：那是我，是我阿鲁。看我多厉害！一个人打下了一头狮子。

阿鲁想了想，又在狮子脚下画了一个倒下的人，那是阿熊，不过没有脑袋。脑袋，被狮子吃了，他想。

阿鲁傻呵呵地笑起来，似乎忘却了身边的一切烦恼。他画得兴起，又在画里的"阿鲁"边上添了另一个人形，有着诱人的身体曲线，阿鲁在它的胸口点上了一对丰满的乳房。他心里说，看，那是果果。在他创造的这个世界里，果果是受他保护的女人，当他杀死那头狮子后，就会把狮子扛在身上，和果果一起走回属于他们的洞穴，甜蜜地生活在一起……

对了，还要画一个孩子，他们的孩子……

洞穴外，冰河时代的雪越下越大。

三　公元前 13390 年

底比斯是一座壮丽的都城，法老很怀念在卡尔奈克神庙巨大的百柱殿里沐浴尼罗河水的惬意。不过比起那南方的旧都，法老更喜欢脚下的埃赫塔顿，因为这是他自己建造的，属于他自己的城市。在这里，没有历代先王的陵墓和宫室压在他头顶，也没有讨厌的阿蒙神庙的祭司对他指手画脚，这里的统治者只有他和庇护他的太阳神——阿吞。

整座埃赫塔顿城尚笼罩在黑暗之中，只东方有一线朦胧的光明。法老一早便已起来，站在这座伟大城市的中心——他亲自设计的太阳神殿门口，看着春分日的太阳准确地从两根巨柱间升起，将金色的阳光射进长长的空无一人的柱廊，照亮了挂在头顶的纯金的阿吞神像——没有人的形体，只是一个放射着光明的圆盘——在阳光下熠熠生辉，如同第二个太阳，通过巧妙设置在殿中各处的圆镜，将阳光一一反射，把整个大殿照亮。这是属于他的光明，令他感到欣悦无比。原本如同黑暗洞穴般的大殿，转眼间便成了充满光明的宇宙。

法老在阿吞神像下伫立着，心中充满了宁静的愉悦。

和往年一样，今天的春分祭祀仪式由太子图坦卡蒙代为举行，表面的理由是法老要在圣殿中接受阿吞神的默示，但事实上，法老怀疑其他人也暗中知道真正的原因，其实是他不想在公开场合露面。他身材比一般人高得多，长着狭长的脸、细瘦的四肢和肥大的胸及肚子，身材完全不匀称，看上去像是一个怪物。虽然他由于无可争议的高贵血统得以继位，人们表面上对他毕恭毕敬，但法老知道，不知有多少人在他背后指指点点，传播着各种恶毒的谣言。

为此，法老建筑了新的都城，从底比斯搬到了这里，在埃赫塔顿的新宫廷中，他不用再在人前出现，无论是他的兄弟叔伯，还是大祭司，大多都见不到他。在这里，他可以醉心于和他的阿吞神的精神交流，并且发展各种颂扬新神的艺术：在他的指导下，新风格的绘画、雕塑和诗歌源源不断地涌现出来，他如同建造了一个属于自己的世界。

面对着阿吞发光的神像，法老在无人的大殿里高声吟咏着自己写下的热情颂歌：

你在我心目中，

没有其他人知道你，

只有你的儿子，伟大的国王

他来自你的身体

代表你统治大地，他爱着他的王后

哦，美丽的娜芙蒂蒂

……

但有时候，外面的世界仍然要闯进来，打破法老心灵的宁静。

卫士通报后，一名红袍的高级书吏走进大殿，在法老面前跪下行礼。他带来了外部的消息：

"太阳神阿吞的化身，上埃及和下埃及的永恒统治者，伟大的万王之王……"书吏不敢马虎地念诵着法老冗长繁复的神圣头衔。

法老不耐烦地挥了挥手，"说正事吧，有什么消息？"

书吏从镶金的皮袋里抽出一张写满象形文字的纸草卷，展开念了起来："赫梯王的军队已经占领米丹尼王国，我们在幼发拉底河的统治被动摇……

"巴比伦王国也面临入侵，国王向您紧急求援……

"叙利亚的叛乱进一步扩大，达克巴总督被反叛者杀害，目前骚乱已经延伸到了迦南地，反叛者甚至僭越称王……"

"够了！"法老怒气冲冲地说，吓得书吏趴伏在地上，"去年年底，我已经命令驻守孟菲斯的10万大军前往亚洲平定局势，并从底比斯增派3万援军，为什么到现在局势还没有缓解？是你没有把命令传达下去吗？"

"太阳神的化身啊，"书吏哀告说，"我怎么敢违背您神圣的旨意？我第一时间就把消息沿着尼罗河传到了底比斯，但是那些……那些大祭司……"他吞吞吐吐起来。

"说!"

"是，那些大祭司控制了您的各级长官，找出各种理由拒绝执行您神圣的命令，他们说，由于陛下背弃了阿蒙神，埃及上下都人心惶惶，底比斯也骚乱四起。再说，国库的钱都被用于修建新都了，军队也填不饱肚子，对边陲局势无能为力……除非您能够返回底比斯，向阿蒙神忏悔，否则您的旨意他无法执行。"

"混账！胆敢如此藐视我的权威！"法老的怒火如同要将整座神殿吞没，一只金杯被猛地抛到地下，发出尖锐的声音，"传我的命令，埃赫塔顿的全部军队整装待发，我要御驾亲征这些老鼠一样的叛徒，将邪恶的阿蒙神庙夷为平地！"

书吏浑身发抖，答应着向外退去，法老却又叫住了他："等等……你先下去，让我再想想。"

当愤怒的潮水退去，法老就知道，他的话不可能实现。在过去的十多年中，他和阿蒙神的僧侣们进行了不知多少次的斗争，毁掉了好几座神庙，甚至处死了几名大祭司，却没有撼动对方的根本，反而被他们一步步逼出底比斯，让他退缩到埃赫塔顿这个坚固的壳里，事实上也架空了他。他的实际权力小得可怜，号令也许根本出不了这座城市，御驾亲征？笑话。恐怕到时候他自己的军队会首先哗变。

事实是，几乎没有任何人理解他，他的信仰、他的艺术、他的世界。他是他们的王，但也是这个世界的异类。

除了那个完美的女人……

他的王后，娜芙蒂蒂。

现在，法老急于见到她，向她诉说一切。只有她永远能够理解他，支持他……她是他的"共治者"，在宫廷的壁画上，他和她永远站在一起，仰望天空，接受阿吞神的洗礼。

他走过中庭，走进王后的寝殿，那是他不允许任何人进入的地方。金碧辉煌的寝宫中没有侍女，只有一线金色的阳光从高窗照进寝室，照亮了摆放在案头的一尊精美的彩绘雕像。

高高的蓝色王冠下，是一条缠绕在额头上的金蛇，下面是清丽无瑕的容貌和一对梦幻般的眼睛。

那是他亲自雕琢的，他梦想中的完美女神。娜芙蒂蒂，这个名字就意味着"美丽的人来了"。世界上任何女人都无法和她相比。

但是，不存在这样一个完美的女人，从来不存在。她是法老少年时的梦，一个超出这个与他为敌的世界的奢侈梦想。即使在他成为法老后，也没有办法让这个幻影变为现实存在。

但至少，他能够让这个世界认为她是存在的。提及她的铭文和画像在埃赫塔顿无所不在，他将自己和几个侍女生的儿女都算成是她生的，知道这个秘密的人大多数都被他处死了，剩下的几个未来也将会为他陪葬。他亲自编撰的他们的爱情故事将会被记载在史书上，万世传诵。

法老暂时忘却了尘世的烦恼，坐在寝殿深处，陷入了甜蜜的思绪。

然后，法老埃赫那吞走出房门，向下人发布命令，让他们把自己的养子摩西找来，关于创世神阿吞的伟大，自己有一些新的领悟要告诉他。现在，摩西是唯一可以和自己说上几句话的人了。

四　公元 2067 年

马修推开门，走出旅游中心，发现自己站在一块高地上，整座城市在他脚下伸展开来，直抵远处青葱的山麓。

这里不是他想象中那种热带丛林间主要由低矮木屋构成的小镇，而是一座高楼大厦林立、由四通八达的立交桥连接起来的大都市，马修倒是没想到，在非洲腹地，在大森林深处，还有这样现代化的城市，这样一看和美国也没有多大区别，但高楼间仍有大片乌压压的贫民窟，提醒他这里仍是落后的国度。

当然，还有四起的黑色烟柱和几座崩塌的高楼，以及零零散散的火光和枪炮声，表明这座曾经繁华的城市正经历战火摧残。

马修从高地下来，好奇地沿着一条街道走下去。战争中，绝大多数居民已经逃难走了，几乎看不到人，这条街本身倒是没有遭到很大的破坏，道路两旁种着高大的芭蕉树，充满热带风情。

马修一边看，一边用"摄影眼"拍照。路边的建筑上，除了法语和当地语言外，还有许多方块字的招牌，当然马修一个字也看不懂，不过这让他想起了本市的唐人街以及他最爱吃的中餐馆，他决定晚上叫一份宫保鸡丁来吃……

马修漫不经心地走着，忽然一堆黑乎乎的东西映入眼帘，上面有一堆苍蝇嗡嗡盘旋着。他看了良久才看出来，那是一具尸体！他穿着政府军的军服，已经开始腐烂，身体侧卧着，肠子和其他内脏从破烂的肚子里流出来，惨不忍睹。

马修打了个寒战，这就是战争，他想，残酷的战争，已经有两个世纪没有降临美国本土的战争。

民主刚果的内战已经持续了一年多，这场战争表面上是上一次刚果战争的延续，但实际牵涉两大世界强国。这回，对外友好派在大选中获胜，上台组阁，但很快，反对派指责获胜一方选举舞弊，宣布退出联合政府，并在全国范围内发动游行示威，很快演变成暴动，军警弹压时打死了几个人，加之媒体大肆渲染，很快变成了一场人道主义危机。不久，在或明或暗力量的支持下，东部叛军的武装死灰复燃，在源源不断的先进武器帮助下攻城略地，占领了这个国家的半壁山河。

而这座城市，就是这次战争中双方争夺的关键据点之一。不过今天，主要的战争已经结束，只有残余的敌对势力还在反抗。

马修对着尸体拍了好几张照片，然后立刻上传到社交平台，"嘿，快看，我在刚果战场！"

路边的尸体渐渐多了起来，有穿着对立双方军服的，也有的明显是平民，大都血肉模糊，死状可怖。还有几辆被击毁的坦克和运输车，显示出这里不久前才发生过激烈的战斗。路边甚至有几条棕黄色的鬣狗啃食着尸肉。

这未免太离谱了，马修想，难道反对派武装不收拾尸体吗，就让这些野兽糟蹋？他打开声音模拟器，发出一声响亮的枪声，鬣狗们听到后，呜呜叫着，一哄而散。

马修抽空瞅了一眼社交平台的主页，没人搭理他，他略感扫兴。不过在今天这个网络极度发达的时代，要引起人们关注的兴趣是越来越难了。刚果战争对于文明世界来说，不过是一场边缘的战事，还不如德国最近培养的会说话的转基因猫更惹人关注。

马修已经没有拍这具被鬣狗啃过的尸体的兴趣了，他刚要走开，尸体忽然动了一下。马修吓得退了一步。

这是错觉吧？

但尸体又动了一下，非常轻微，但很明显是尸体本身在动。

马修汗毛直竖。究竟是怎么回事？难道是传说中的僵尸？

不，不可能。或许这人还没死，或许……不管怎么说，他伤害不了我分毫，我随时可以离开这里……

马修想着，上前几步，这回他看清楚了，是尸体下面有个什么东西在动。他轻轻拖开尸首，看到一个衣衫褴褛的黑人女孩，大而发亮的眼睛惊恐地盯着他，只有三四岁。

"你是谁？"原来这就是那些鬣狗围着尸体的原因，马修想后问道，"怎么会在这里？"

女孩更加瑟瑟发抖起来，嘴巴一扁，像要哭泣。

"嘿，你别怕，"马修笨嘴拙舌地试图安慰她，"你别看我长得和你不一样，其实我也是人……我是……美国游客，你知道吗？美国……算了……你不知道……"他沮丧地摇摇头，女孩看来根本不懂英语。

但女孩好像也发现他没有恶意，恐惧渐去，她细声细气地说："pa-pa，pa-pa。"指了指地下的尸体，又比画了几个手势，马修忽然明白了，"你是说，他是你的爸爸？"

女孩推了推地下的尸体，眼泪汪汪地看着马修，马修明白了她的意思，不由得一阵鼻酸，"对不起，孩子，你爸爸已经……我也不能把他叫醒……上帝啊，你的腿！"

他这才看到，女孩的一条腿已经血肉模糊。他明白了，应该是在一次爆炸中，女孩的父亲将女儿扑倒在地，自己被炸死，而女孩也有一条腿被炸伤了，所以她只有蜷缩在父亲的尸体下面，躲避鬣狗的啃食，没有人来救她。

"你要去医院！"马修说，"现在就去！可是，医院……医院是在……"他一时犯了难，他怎么知道医院在哪里？他打开主控电脑的地图功能，在眼前的虚拟界面上查询医院的位置，倒是找到几间，但在战争中估计早就关门了。

"嘿，你，你是什么人，举起手，站起来！"从马修背后传来一声呼喝，典型的美国南方口音。马修用后视眼看到，那是三个一身墨绿色、全副武装的特种士兵，但既不是政府军的，也不是反政府武装的，他想起关于那些保安公司的传说。据说在战争中，反对派的叛军根本不堪一击，真正的顶梁柱，是一批隶属于某些秘密保安公司的特种部队，而这些公司背后真正的主宰是某种神秘的力量……

马修知道是自己刚才发出的枪声把他们招来的，他站起身来，对他们说："别误会，我是美国游客。"

"游客？现在这个国家可不开放旅游，你还是个小屁孩吧？瞒着家里偷偷跑来的？"

"听着，"马修压抑着怒火说，"现在不是说这个的时候。这个孩子伤得很重，你们必须救救她，把她送到医院去！"

"你胡扯什么呢？你以为我是特蕾莎修女吗？滚回你妈怀里吃奶去吧！"一个大兵骂道，众人哄笑了起来。

"嘿！"马修说，"听着，我不懂军事法，但我敢肯定，你们有义务救助这个孩子，如果你们不去做的话，我会向媒体披露这件事。"

大兵们沉默了片刻，马修听到他们交头接耳起来："别理这小子，我们还有事情要办，赶紧把他们处理掉……"

"最好别惹麻烦，上次罗伯的事，上头好不容易才遮掩过去……"

尖锐的入侵警报忽然在马修的耳边响了起来，提示有人正在解除他的远程感应服。该死！不是现在，不是在这里！马修徒劳地挣扎着，"你们……必须……我说……"在他们诧异的注视下，他缓缓倒了下去。

一阵晕眩过后，马修发现自己躺在费城的家里，身上的VR装备被解了下来，母亲怒气冲冲地站在他面前，"叫了你多少次，下楼吃饭！"

"妈！我有非常重要的事情！十万火急，回头再说！"马修几乎要疯了。

"有什么重要的事？每天就上网干这些乱七八糟的……这些是什么？"

"我跟你说过了，别进我的房间！我已经25岁了！"

马修大吼大叫着，几下把母亲推了出去，还听到母亲絮絮叨叨地说："25岁了，大学毕业都好几年了，也不好好找个工作，每天就待在家里玩这些活见鬼的游戏……"

马修不去理她，心急如焚地反锁上了门，回到躺椅上，重新穿上VR衣，戴上头罩，大西洋另一边的数据又源源不断地传来。

马修发现自己的临时身体倒在刚才的路边，他挣扎着爬起来，发现一条胳膊已经被打飞了，腿上和身上也多处中弹，好在没有伤到要害，还能走动。他向道路尽头看去，依稀还能看到那几个雇佣兵远去的背影。

但那个女孩呢？她在哪里？

马修转了一圈，很快再次看到了那个女孩。她躺在一片血泊中，眼睛睁得大大的，鲜血正从她刚刚被撕扯成两半的残躯上涌出来。

马修气得发抖，这些浑蛋，就几分钟时间，他们居然用这么残忍的方法杀了她，这是对人道主义的公然践踏！他要告发他们！要让全世界都知道这些畜生的暴行！

但他很快冷静下来。不，这太难了。那些冷血杀手名义上和美国政府没有任何关系，甚至和美国也没有任何关系。他们和自己目前使用的身体一样，属于某个保安公司的人形机装置，真正的操纵者可以在世界任何一个地方；只不过一个军用，一个民用。当然，这些家伙十有八九是退役的美国老兵，没有他们，叛军不可能进展得如此顺利。但他毫无证据。他甚至没有拍下他们行凶的过程。当连接中断后，他的临时身体就自动处于休眠状态。

这甚至还会给他自己招来麻烦，谁知道那个女孩是怎么死的？理论上也可能是他杀的。并且，他进入这个国家也是非法的。自从战争爆发后，为防止有人用作间谍、侦察等用途，通过远程操纵的人形机进行旅游的官方业务就中止了。他是偶尔在一个小论坛上看到网友推荐，动了一睹战场的念头，才设法找到那个遮遮掩掩的商人，达成以每小时1000美元的价格使用这部人形机的协议，结果却闹成了这样，机器毁损得不成样子，还死了一个孩子。他怎么能证明，这不是他自己出于某种变态欲望干的好事？

但马修还是忍不下这口气，他想了想，拨打了那个商人的网络电话，简略地告诉他情况。

"算我倒霉！"对方叹气说，"这件事你千万别闹大了，否则对我也没好处。这些机器是我们公司的，我只是趁没人管私下出租，想赚点小钱养活老婆孩子，如果你告发的话，我的事也得抖出来。"

"可是他们杀了人！那个女孩……"

"在我们的国家，同样的事情每天都会发生成百上千起，"商人闷声说，"这就是战争！这回你看到了……好了，损坏的机器我自认倒霉，也不用你赔，事情到此为止，好吗？"

马修握紧了拳头，很想打人发泄，却无可奈何。

马修下楼吃饭的时候，还想着那个女孩，心里很难过，对母亲的唠叨也无心反驳。直到快吃完饭的时候，耳机忽然提示他，他接收到了一封新的声音邮件。

"嘿，伙计，"是他的死党肖恩，"好消息，我在网上碰到几个女孩，她们说今晚要去艾尔斯石开 Party，你知道艾尔斯石吗？她们说那是奥地利沙漠里的一块什么石头，管它在哪儿呢，我约了和她们一起。这回可以好好爽一把了，听说那边的人形机都是仿真的，性爱功能超酷的！"

马修不禁笑了起来，母亲看了他一眼，"你笑什么？"

"没什么。"马修说，在冰箱里拿了一罐啤酒，惬意地喝了起

来。有了远程感应服和人形机真好，足不出户，就可以去世界上
任何地方做任何事情，有时候闲了闷了，就去伦敦喂鸽子，或者
去澳洲泡妞，晚上还能准点下楼吃饭，这才叫生活！以前的那些
可怜家伙，他们是怎么活的啊？

正如之前的无数异国经历一样，非洲的那座城市和那个死去
的女孩，马修早已抛诸脑后。在这个伟大的时代，长时间想着一
件不愉快的事情，可不是生活啊！

五 公元 2109 年

"曾经有一份真诚的爱情摆在我的面前，可是我没有珍惜，直
到失去后才追悔莫及。人世间最痛苦的事莫过于此……"

电脑荧屏上，脖子上架着剑的至尊宝泪光盈盈地对紫霞仙子
说。电脑前，林克目光呆滞地看着，跟着屏幕上的对话喃喃念
道："如果上天能够给我一个再来一次的机会，我会对那个女孩说
三个字：我爱你。如果要给这份爱加上一个期限，我希望是——
一万年。"

紫霞感动得扔下了宝剑，泣不成声，林克也动容地擦了擦眼
角，就在这时，电脑上的图像消失了。

林克不满地嘟曦起来:"露娜,你在干什么?"

一个柔美却毫无感情的女声从上方传来:"您已经连续观看4个小时了,通过您体内的微型监测仪,我发现您的身体状况已经处于亚健康水平,之前我已经两次提醒您无效,因此按照基地管理章程第二十五条第三款,强制关闭了视频。"

"你就是一个破电脑,谁给你的这个权力?"林克不满地抱怨说。

"作为本基地的主控电脑,根据章程规定,除了站长之外,我的权力凌驾于任何个人之上,"电脑说,"包括副站长,也就是您。"

"他们都死了,"林克无力地说,"只剩下了你和我,我就是站长,你就不能听我的吗?"

"但是您没有得到上级的任命,按照规定……"

"上级个头!"林克终于爆发了,"你呼叫总部会有人答应吗?这都多少天了!他们全死了,整个地球都完蛋了,哪里还有什么上级!也许我是全世界唯一还活着的人!"

"的确有这种可能。"露娜平静地说。

"所以你应该听我的!"

"但是章程里没有这个规定,并且,如果您是最后一个活着的人类,那么您更应该珍重。"

林克狂笑起来，"有意义吗？珍重自己，为了什么？等外星人来救我？还是你能变成一个活女人出来跟我繁衍后代？"

"一切生物都有延续自己生命的本能。"

"可是人类作为一个物种却没有，"林克苦涩地说，"要不然，也不会有那一场战争了……"

是的，那场战争，林克想。中美两强，或者说东方和西方之间，在 30 年的冷战后，最后的激烈碰撞，迸发出了壮丽的火花，不，是一场遍及整个地球的大焰火，终极核战之火。48 小时内，几万枚核弹——包括少量反物质导弹——在世界上 8000 个大小城市相继爆炸，几乎所有国家的政治经济军事中心都被摧毁，林克他们顿时与世隔绝，甚至不知道是否有人存活了下来。

但对于大部分人来说，即使熬过了第一波核攻击，也会死在核爆炸带来的辐射尘和次级污染中，更不用说接下去对全球气候和温度的毁灭性影响，没有作物能够生长，只有最坚韧的生命才可能活下来。如今，那场战争已经过去了整整一年，外面却仍然一片寂静。

当然，林克不知道外部世界发生了什么，部分原因是露娜根本不让他离开基地——更确切地说，是这个房间。

林克无神地向周围看去，这是一个大约 10 平方米的房间，天花板矮得一伸手就可以摸到。墙壁上遍布按钮、电线和控制板，有两个明显的孔洞：食物输入孔和排泄物输出孔。房中散乱地堆放着一些仪器和电脑，没有床，只有一个脏兮兮的睡袋。

在过去的一年中，林克就是在这个狭小肮脏的房间度过的，唯一的活动范围就是这10平方米，唯一的娱乐就是看老电影或者玩弱智游戏，唯一的同伴就是不近人情的人工智能体露娜。

"为了让我活得好一点，至少你也得多开放两个舱室吧？"林克对露娜恳求说，"我在这鬼地方实在待得烦透了！连走两步都不行！不看片还能干吗？光《大话西游》我就看了不下几十遍了！"

"您应该很清楚，"露娜回答说，"自从去年的泄漏事故后，四块太阳能电板损坏了两块，我必须节省电力。目前基地内的生命维持系统只够这一个房间的，如果再开放其他房间，系统有崩溃的危险。"

是啊，那场事故，林克想，他知道那不是一般的事故，是战争爆发后一个受不了刺激的研究员发了疯，进行歇斯底里的大破坏所导致。他本人和另外两个试图阻止他的成员一起死于那场事故，林克的最后一个人类同伴也在一个月后因伤重不治而死。

"至少你应该让我出去。"林克说，"我有权利出去！"

"外面有很强的射线，危险系数很高，"露娜说，"长时间暴露可能对您的身体造成不利影响。并且你知道，章程最重要的规定是，基地本身绝不能处于无人状态。除非有站长或上级的命令，否则我无权放你离开基地。"

"又绕回来了，"林克哭笑不得，"简直是第二十二条军规！你还不明白吗？除了我，不会再有人给你下命令了！这种日子我还要熬到什么时候？"

"您今年 35 岁，"露娜严肃地回答，"按照现代人的正常寿命，还能活 70 年以上，即使考虑到目前生存条件的恶劣，至少也能活50 年。至于我，如果太阳能电板不出问题并且注意保养的话，我还能正常工作 120 万个小时，也就是 136 年，足够让您度完余生了。"

"哟，那我可真得谢谢你了。"林克讥讽说。

"不用谢，这是我应该做的。"露娜说，"也许这是我能够为人类做的最后一件事，你们人类叫送终吧？"

"少废话！"林克吼道，"我要出去，告诉我怎么才能出去？！"

露娜罕见地沉默了片刻，似乎在思索。

"露娜？"林克又燃起了希望，难道真的有什么路子？

"我在重新检查各功能单元的数据……"露娜说，"现在有一个好消息，如果从宽泛意义上理解'出去'的话，您可以使用三号人形机获得外部体验。"

"不是所有的人形机都毁了吗？"

"不，刚刚接收到三号机的数据，"露娜说，"在联络中断了 9

个月后，它还在 1000 千米外的南极地区，看来它的自我修复功能终于起作用了，至少暂时它能够正常使用，您想要远程操控它吗？如果——"

"那还用说！"

露娜还没有说完，林克已经急不可耐地套上了远程感应服。

一片黑暗中，群星渐渐出现了，璀璨的、静谧的、永恒的群星，银河在他头顶无声地流淌着。

林克发现自己呈"大"字形躺在地上，身体半埋在灰尘里，他站了起来，灰尘无声无息地落下。他发现自己是在一道山岭的顶上，他看到自己脚下，暗灰色的山脉起起伏伏，伸向远方微呈弧形的地平线，他知道基地和他自己的本体就在那些山脉深处。眼前的千沟万壑除了石头就是灰尘，一片死寂，如同沉浸在没有时间的深渊中，没有半点生命的迹象，甚至没有一丝风。

而在他的背后，是一个巨大的谷地，与其说是山谷，倒不如说是一个大坑，勉强可以看出圆形。它的直径至少有 10000 米，深达 3000 米左右，整座山丘事实上都是坑洞隆起边缘的一部分。仿佛曾有一颗大得不可思议的核弹在大地的中间炸开，才炸出了这样的结构。而远处，还隐隐可见许多类似的山谷，层层叠叠，满目疮痍，好像是远古诸神之战的遗迹。林克忽然有一种错觉，仿佛战争不是在 1 年前，而是在 10 亿年前已经结束了一样。

林克向天上望去，乳白色的银河横亘天空，在天顶一带的是古老的南船座，南极老人星正熠熠发光，下面是小却清晰可辨的南十字座，四颗亮星肃穆地从银河的背景中浮现出来。再下面是半人马座，明亮的南门二悬挂在四光年外，现在，宇宙中最近的星星也遥不可及，像是嘲弄着人类的一切征服宇宙的僭越梦想。

然后，林克在半人马座的左下方看到了那东西，在远离银河的地方，几乎就在地平线正上方，好像刚刚升起，又若即将落下。但林克知道，除了周期性的天平动，它的位置几乎永远也不会改变。

那是一个怪异的球体，大致呈灰白色，还带着黑色的斑点，在阳光下反射着耀眼的光芒，如同一轮满月，但比月亮要大好几倍，也要更亮些。它在暗黑色的大地上清晰地照出了林克的影子。但林克知道，它当然不会是月球。

因为月球就在他的脚下，就是那沉寂的、死亡的古战场。

他看到的是地球，至少曾经是。

只是它已经几乎没有了蔚蓝色，变成了一个灰白色的球体。林克知道那是什么，是悬浮在大气中的辐射尘和核爆炸以及大面积燃烧后形成的烟雾颗粒，是曾经的人类城市和亿万人的身体，如今他们已经变成了一层厚厚的烟尘，在高温作用下升腾进入了平流层，被大气环流带到了地球上空除两极外的每一个角落，如同给地球裹上了一层厚重的棉衣。

当然，这层棉衣绝不可能保暖，相反，明亮的反光表明它屏蔽了绝大部分阳光，让地表长时间被死亡的黑暗笼罩，至少会有 10 年，也许会有半个世纪。地球生物圈将和自己唯一的热量来源隔绝开来。绝大部分剩下的人和动植物都会因此死去，这将是自 6500 万年前小行星撞击地球以来最惨烈的物种灭绝，而原因也将与之类似。

林克呆呆地看着，在那个地平线上悬浮的球体上，已经没有了任何生命的色彩，没有绿色，没有蓝色，甚至没有象征人类战争的红色。它似乎变得和脚下的月球并无二致。那个他熟悉的地球已经消失了，变成了月球第二。而月球，和宇宙中任何一个地方——比如水星或者冥王星——都没有本质区别。

没有了人的世界，只剩下宇宙——无边无际的、空洞的、冷漠的宇宙。

一种突如其来的恐惧和绝望抓住了林克，他无法忍受在这个无人的寂灭的宇宙中再待片刻，他切断了和人形机的连线，让自己的意识回到了基地中，狭小的房间和周围机器的嗡嗡声都显得无比亲切。

"欢迎回到月球基地。"露娜说。

"我要看电影，"林克深深吸了口气说，"快点，让我回到人的世界。"

这回露娜没有反对，百年前的周星驰和朱茵再次出现在荧屏上，演绎着一场场悲欢离合，直到最后又回到了盘丝洞里，五百年间，恍然若梦。也许这一切不过是一个洞穴中猴子的梦。

人类是穴居动物，林克自嘲地想，从最早的原始人，不，最早的哺乳动物祖先起就是这样，即使是树上的猴子，也不过是住在另一个由树叶、树枝和树冠组成的洞穴里而已。人类建筑了房屋、城市、国家，本质上无非是洞穴的变形。一切战争，其实和蚂蚁打架一样，只是为了争夺藏身的洞穴。即使探索太空的雄心，最终也不过是在月球上挖了一个洞躲进来而已……

我们是柏拉图说的洞穴人，永远无法离开洞里，外面阳光灿烂，一切文明、科学、技术，只是为了更好地生活在洞穴里，我们最后也只能在洞穴中死去、腐烂。

林克漫想着，苦笑着，叹息着，不知什么时候合上了眼睛，沉沉睡去。

他做了一个梦，梦见人类长出了翅膀，飞向整个宇宙，飞向每一颗星星，将生命的种子播撒四方，征服了星空中那些他见所未见的世界……

那是人类这个种族最后一次做这样的梦。

六 公元117094年

"一、任何一个物体在不受外力或平衡力的作用时，总是保持静止状态或匀速直线运动状态，直到有作用在它上面的外力迫使它改变这种状态为止……

"二、物体的加速度跟物体所受的合外力成正比，跟物体的质量成反比，加速度的方向跟合外力的方向相同……

"三、两个物体之间的作用力和反作用力，在同一直线上，大小相等，方向相反……"

深夜，阿树躺在岩洞深处，远离温暖的火堆，身上只有几把干草蔽体，冷得无法入眠，只有默默背诵着古老的咒文给自己催眠。当然，不光是冷，也有对新环境的陌生，毕竟这是他们第一天住进这个山洞。

阿树的部族从原来的河谷迁徙到这片森林已经半个多月了，在没有合适洞穴居住的日子里，他们之中冻死了两个50多岁的老人，被剑狼叼走了一个3岁孩子，后来他们终于找到了一个理想的大山洞，山洞原来的主人是一窝熊鼠，他们把熊鼠杀了吃肉，在这里点起火堆，住了下来，人人都很开心，或许除了阿树。

阿树很怀念原来那个山洞，那个洞比这个大很多，阿树出生和成长在那里，对那儿的一草一木都很熟悉。但是，整个山谷中的猎物日渐稀少，邻近的部族也屡屡侵扰，族长不得不带领他们离开故土，到山谷外寻找新的栖息之所。

但对于阿树来说，最大的损失是离开了那里的"图书馆"。"图书馆"是那片地方的名字，阿树也不知道具体是什么意思。对他来说，那是河边一片密密麻麻刻着好几十万字的石壁，里面有无尽的奥秘，包括人类的起源、历史和文明。但其中很大一部分已经被时间的手磨平，几乎无法辨认，剩下的内容中他能看懂的只是其中一小部分，还有许多奇怪的符号完全无法索解，他只认出来有些是数字，据说，这些符号描述了整个宇宙的一切：天地的形成、星宿的旋转、万物的结构、生物的分类，等等。

但是，他读不懂那些内容，即使睿智的老师也不能完全读懂。即使他觉得自己能读懂的部分，也是通过记忆师历代相传的文字，其中许多字符已经失去了意义。譬如，他清楚地记得第一句话是"万物是由原子组成的"，但"原子"是什么？他只能想象是一种微小的颗粒，水有水的原子，树有树的原子，石头有石头的原子，这好像解释了一切，但又好像什么也没有解释。

但刚才背诵的三大咒文他是懂得的，他花了很久才弄懂，但他确实懂了。比如他知道在一片平地上用力推一块石头，滑不了几步远就会停下来，那不是因为没有人继续推，而是因为石头和地面之间看不见的摩擦力，如果没有摩擦力，它可以永远滑动下去。他也知道如果用拳头去打一块石头，给出的冲击和受到的反击相等，只不过拳头远不如石头硬。

他知道的甚至比这多得多！譬如，他知道天上的星星并不是围绕着大地转动，而是大地和金星、火星等一起围绕着太阳转动，月球又绕着大地转动。它们之所以进行这种亘古不息的运动，不是出于神的意志，而是因为它们的初始速度加上彼此间的引力，才能让它们能够永远运动下去。虽然他不知道具体怎么计算，但是他理解了最基本的原理。他的知识系统已经千疮百孔，残缺不全，但仍然有一个大致的框架，那是上古黄金时代最后的余晖。

但这又有什么用？他曾经试图跟族人讲解一些最粗浅的知识，可换来的不过是嘲笑。在古代，记忆师享有尊崇的地位，人们相信他们掌握通神的天启，他们担任国王或皇帝的大法师，指导他们制造马车、帆船和玻璃，但如今，他连怎么捕捉一只角兔或熊鼠都不知道。那些抽象的高级知识只有在一个发达的分工社会里才可能派上用场，但他一辈子都活在一个不到 100 个人的小群体中，其中许多人甚至不知道怎么数到 100……

难怪在部族中，同伴们越来越看不起他这个记忆师，如果记忆师的存在不是历史悠久的传统，恐怕早就被废除了。而他自己呢，如果不是他小时候瘸了一条腿，他也会去当一个英勇的猎人，而不是跟着一事无成的叔叔去做一个记忆师，害他失去了自己心爱的女孩……

阿树知道，在大地上游荡着几百几千个部族，但他不知道还有多少记忆师。去年，在一场部族间的战争中，他们曾经俘虏了另一个部族的记忆师，一个白胡子老头儿。他们两个部族的语言完全不同，但那个老人和他都会说一些"恩格里希"古语，并且也会书写，他掌握许多阿树不知道的知识，甚至还会背几首古诗。阿树和他谈了一夜，学到了很多东西，他苦苦求族人留老人一命，但族人不耐烦多养一张嘴，第二天，那个老记忆师就被活埋了……

"阿树，你睡了吗？"一个轻柔的声音叫着他的名字，阿树转过头，借着不远处的火光看到了一张令他心跳不已的熟悉面容，是果子。

果子今年 20 岁，比阿树小，她和阿树一起长大，曾是部落里最出众的少女，阿树喜欢她，她也喜欢阿树。但一个记忆师没有资格挑女人，4 年前，果子刚满 16 岁，就成了部落里最强壮的猎人大河的女人，第二年生了一个儿子。大河去年秋天在和邻近部落的战斗中被杀了，而果子 3 岁的孩子在 10 多天前也被剑狼吃掉了。为了儿子的死，果子哭了好多天，这几天才缓和一点。如今，她本该年轻的脸上已经多了几条皱纹，看上去像是老了10岁。

"你还没睡？"阿树问。

"我睡不着，"果子说，"一想起孩子就……"她擦了擦眼角，"而且这里好陌生，我有点怕，阿树，你跟我说说话好不好？"

"小时候我倒是经常给你讲故事。"阿树感叹说，"一晃这么多年过去了。"一阵鼻酸的伤感袭来，怀旧，这几乎是黄金时代的奢侈情感了。

"其实我一直在想，如果不是当初你为了救我被恐猫咬伤了腿，只能去当记忆师，也许我们……"

"别提了，"阿树挥挥手，像是驱走愁绪，"反正都过去了。"

"阿树，你像小时候那样给我讲个故事好不好？"

"好啊，"阿树说，"我给你讲一个古代达克王国的米妮莎公主的故事，那是3000年前……"

"我听过了，"果子说，"而且那是个悲伤的故事。讲个别的吧！"

"好吧。"阿树想了想说，"1.5万年前，在东方大陆上，有一个古老的帝国，叫作大夏，皇帝有一个聪明善良的太子，叫作后舜……"

"这个故事我也听过了。"果子说。

"那说这个吧……在更古老的时候——没人记得是多久，可能是 5 万年前，也可能是 10 万年前——那时候大地被热灰覆盖，天上也都是黑云，看不到太阳，大地上有很多恐怖的怪兽出没，有一位英雄，叫作古修罗……"

"这个故事你也讲过太多次了。"果子说，"阿树，你给我讲讲黄金时代的故事好不好？我一直没太弄懂。"

"黄金时代？"阿树说，"那是更早更早的事了，没有人知道在多久以前，那是历史开端之前的事。那时候，人类蒙诸神的赐福，住在高耸入云的楼房里……"

"什么是楼房？"

"楼房就是……我也不清楚，应该是人自己用石头造的……大树，但是很高很高，有的比山还要高，里面有很多洞穴，可以住几千个人……人们住在那些大树里，它们像森林一样一片片的，一座房子的森林可以住几百万人甚至更多。他们过着舒适的生活，抽取大地的血液，引下天上的电光，用各种不可思议的魔法满足他们的需要，他们乘坐迅捷的铁鸟，可以在太阳落山之前飞到世界的任何一个角落里去，甚至可以飞到天上，飞到月亮上去……"

"多好啊，"果子叹了口气，"我想那时候他们一定不用担心剑狼叼走他们的孩子。"

"不过，他们也有他们的问题。"阿树赶紧把话题岔开，"那时候大地上有几万万人，不，是几百个万万人，他们耗尽了大地的丰饶物产，让世界变得贫瘠，最后他们自己也无法生存。他们想飞向遥远的星星，但是又不舍得离开大地上的洞穴……他们为争夺剩下的物产打仗了，不是像我们这样用木棒和石块，而是用恐怖的雷霆和天火，一个雷霆就能毁灭一座山丘，一道火光就能摧毁一片平原。他们让大地寸草不生，而他们自己也不能免于灭绝，剩下的一小部分人躲进了地下，几千年后才重新出来，黄金时代就这么结束了，接下来就是黑铁时代。"

"那你说，"果子神往地问，"黄金时代会再度出现吗？"

阿树苦涩地摇头，"不，再也不会出现。"

"为什么呢？"果子很不解，"既然出现过一次，为什么不能有第二次？也许诸神会重新赐福给人类呢！"

"不，要恢复黄金时代，需要大地上的很多物产，比如大地的黑色血液，或者山脉中的矿石，经过无数复杂的步骤，制造出巨大的机器，才能重新找回古代的魔法。而那些物产，特别是其中提供动力的部分，在第一次黄金时代已经消耗殆尽了，再也不会恢复。甚至人类只要稍微增加几倍的人口，就会让大地无法承受，几百年内就会重新崩溃，就像我们打完了以前山谷中的野兽一样。只不过我们可以离开山谷，而人类却无法离开大地。

"自从黄金时代陨落后，人类已经有三次复兴，而又重新衰落，人类一度重新建立起城市和帝国，如今又消失不见，也许将来还会有无数次复兴和衰落，就像一年四季一样，不断循环。自古以来，我们记忆师承担着将古老的历史记忆传下去的责任，负责在今天这样的大衰落时代保留火种，引领文明的复兴。

"但这场游戏不会永远继续下去。从黄金时代崩溃的那一刻起，这个世界的结局、这场生命游戏的最后一幕已经注定：我们无法离开大地，就只能灭亡。因为太阳也有自己的寿命，当它老去时它不会熄灭，反而会变得更加狂暴。它将在几万万年内变得越来越热，将大海烤干，让大地干裂，所有的人和动物都会死去，从此大地上不会有任何生命生存。

"我们的末代子孙，将深深躲在地下的洞穴，吞下最后一块老鼠肉或其他类似的食物，喝干一点可以饮用的地下水源，然后无声无息地死去。"

阿树说出了他知道的这个世界的最大秘密，也是叔叔临终时所告诉他的那个秘密，唏嘘着，扭头看果子，却发现她好像根本没有听自己在说什么，眼神只是直勾勾地看着石壁上面。

"果子？"

果子回过神来，"啊，你说得太深了，我听不明白……不过你看，那是什么？"她向上一指。

这下阿树也看到了，石壁上有一些斑驳褪色的图案。他坐起身，好奇地看着，借着远处的火光他认出来，那是几十头栩栩如生的动物，有的像是角兔，有的像是熊鼠或恐猫，但没有一种是他认识的，除了人。他看到一头野兽的脚下，踩着一个没有头的猎人，旁边一个男人拿着一把叉子叉向野兽，身后是一个女人抱着一个稚气的孩子。

然后他看到了更多的画面，人们手拉着手围在火边分食动物的肉，或者在一起跳着欢快而古怪的舞蹈，或者一起围捕某头凶悍的巨兽……

这当然是人类的手笔，但那是什么时代的画呢？阿树想不出来，那些野兽都是他见所未见的，一定是很古老很古老的时代，肯定在前几次复兴之前，也许还要在黄金时代之前，对于阿树来说也只是朦朦胧胧知道的，人类时代的曙光……

但他们坚忍地活着，那些原始时代的人，对一切历史和未来都一无所知，但他们仍然活下去了。生活着，奋斗着，甚至充满快乐……

"看他们，"果子指着壁画上的一男一女和他们的孩子说，"他们像不像我们？"

"倒还挺像的……"阿树感慨地说，"历经不知道多少万年，人还是人，我们又回到了出发点……"

"阿树，"果子在他耳边悄悄地说，"我们像他们一样好不好？"

阿树一怔，看向果子，果子的脸红了，垂下头说："我还年轻，想再要一个孩子，我们的孩子……"

阿树呆了半天，终于明白过来，胸中蓦然被奔涌的狂喜所充满，"果子，你愿意跟我？可是我……"

果子嘴角含笑地说："我就爱听你呆头呆脑地讲故事呢！"

阿树狂喜地战栗着，几乎呼吸不过来，在这一刻，黄金时代或黑暗时代，过去或未来，一切都不再重要。他只有一个念头：果子会成为他的女人，他们将会有自己的孩子，从此幸福或平庸地生活在一起。纵然已经不可能再有新的未来，一代代的人们，他们总会生活下去，在亿万年生命的无奈和时间的残忍中，追求自己渺小却充实的幸福。纵然有一天这颗古老的行星烟消云散，至少人类这个渺小的种族，在宇宙中这个叫作地球的洞穴里，他们真正活过，如同无边无垠的宇宙中，亿万其他洞穴中的其他生灵一样。

他颤抖地伸出手臂，紧紧抱住了果子柔软而温暖的身躯。

追寻 / 刘维佳

明天，再一次见到她之时

我真的能追寻到爱情和幸福吗？

看着右手之中的这个名曰"红线"的精致灵巧的小装置，我不由自主地在心中发出这样的疑问。这种巴掌大的心形小玩意儿是地球上经久不衰的著名畅销商品，我一走出我们的社区就被它的魔力所吸引，几乎没有任何迟疑就买下了一个。然而它的名气和它的魔力是否真的能将我引向爱情与幸福，我却是心中没底。多少年来我不顾一切苦苦追寻着它们，可结局总是两手空空，这种流水线上诞生的工业制品真能轻易改变这宿命？

"红线"的作用，是将两个素昧平生、天各一方的同年龄段单身男女联系到一起。它的名称便是取材于古老的民间传说中具有相似功能的神物。功能虽然一样，但两者的本质却截然不同。一个只是虚幻的想象，仅仅只能表达一下人类的美好愿望，另一个却是实实在在、灵验无比的现实存在。现在的人们真是幸福，你不需祈求也不必祷告，只需要付出一些信用卡上的数字，即可任意支配、利用过去无比神圣的东西。只消启动这个小巧的信号收发装置，卫星全球定位系统会立刻帮助你收到来自芸芸众生之中的某个异性成员的回音。她或者远在天边，或者近在眼前，但她肯定就位于这地球表层的某个经纬度交叉点，不会是虚幻的想象。

现在，她就在这座城市的某个地方等待着我。多么奇妙啊，我和她处在相距超过一个天文单位之遥的两个地方，可现在却在相互追寻着对方，并确确实实在逐渐接近。地球上的事情就有这么奇妙。

整个地球上只有她一个人在等我。每对"红线"不会对别的信号有反应，只接收对方的呼唤。我手中紧紧握住这根红线的一端，一步一步循着由无线电波组成的看不见的连线前行着。

随着手中的红色数字的不停跳动，我的感觉越来越强烈：我的心在怦怦跳动，手在微弱但难以控制地颤抖，全身的血液如同涨潮一般悸动奔涌，汗珠在我脸颊上流动，我的口中又干又涩，我的耳朵在嗡嗡鸣响……我简直觉得不用多久我整个人都会燃烧起来。我追寻幸福与爱情已非一朝一夕，自我懂事时起，幸福的生活和甜蜜的爱情就令我魂萦梦牵，多少个闲暇的时间片断，我在纷飞的思绪中苦苦追寻它们，但总是两手空空，对它们的渴望已烧穿了我的骨髓，最终驱使我不惜一切回到了地球。现在，它们终于将要为我所拥有了，我如痴、如醉、如狂。我故意买的是远程"红线"，为的就是要慢慢地品尝这种喜悦的憧憬。在六个都市中穿行而过，一点一点缩短与她的距离之时，我慢慢品尝着一丝一丝缓缓增强的激动与兴奋，今天，它们达到了最大值。

信号显示她距我已仅有1000米远了。我深深地长吸了一口气。澎湃的思绪和情感令我头晕目眩，我不得不加大氧气的摄入量。

她是个什么样的姑娘呢？她真的能给予我所渴求的一切吗？啊，我想应该是的，我的命运已经够苦的了，上天若还是公平的，就不应该打碎我这最后的希望。我吃力地迈出已经毫无规则的步子，沿着蓝色的暮霭笼罩之下的被路灯和商店橱窗照得雪亮的大街向她走去。

一切都和从前是那么的不同，一种我从未体验过的奇异感觉包裹住了我全身，它使得我眼前的一切都变得分外的美，连身边的最琐细的小东西都似乎蒙上了光彩。原本地球上的繁华都市对我这个回归的游子来说就极富魅力，现在它更是撼人心魄，无法抵挡。我喜欢这感觉，在幸福与爱情被抓在我手中之前我还未体验过比这更美的感觉。

数据显示我正在一米一米地接近她，但是大街上来来往往的人群行色匆匆，我仍旧看不见她的身影。蓝色的暮霭令我心慌意乱，我好紧张，我好害怕，我不知道自己还能坚持多久。

千呼万唤始出来，我终于发现她了！在滚滚人流和灯红酒绿之中，她显得是那么出众那么夺目。一点没错，就是她，肯定是她，只能是她。怎么可能不是她呢？这个女孩完完全全就是我的梦中情人，每一点都恰到好处地与我心底的倩影相吻合。那俊俏的面容、玲珑的身段、清纯的气质、朴素大方的衣着打扮，都与我的想象不差分毫。上天哪，你到底还是公平的。我欣喜欲狂，全身打战、泪眼蒙眬地向她靠近。

千真万确是她了。我们两个手中的"红线"对上了号。我们相距一米的距离，彼此面带着有些不自然的微笑看着对方。"红线"不过是一种媒介、一个借口，使命只限于为我和她之间建立起来联系，现在已经联络上了，就好比电话已经接通，余下的对话就完全是我们自己的事了。

然而我却不知道该如何开始。虽然她并非我平生所接触的第一个女孩，但我仍然感到不知所措，她那微笑着的可爱面容令我陷入了迷离状态之中，我的思维就此中止。

我们就这样相互凝视了好久。天色越来越暗，黑沉沉的夜幕已悄无声息地取代了蓝色的暮霭，街灯显得分外明亮。

还是她打破了这尴尬的沉默。她轻启樱唇，用天国仙音般的美妙嗓音向我发出了问候。

我赶紧回答。

交谈就这么开始了。

尽管与她交谈令我心花怒放，但我很快意识到不能老在街头和她交谈，那实在有点不像话，再者天色也实在暗了。于是在我的提议下，我们走进了不远处的一家咖啡厅。

在柔和温暖的灯光下，我和她像店内所有的情侣一样，在属于我们自己的空间里窃窃私语。

在实际上相当漫长但感觉短暂如白驹过隙的交谈中，我无比清晰、无比真切地感受到了真挚的爱情和无上的幸福。她真是我的梦中情人，而我也正是她心中的白马王子，我需要她，她也需要我，我们情投意合，我们实实在在是天造地设的天生一对。

到了不能不分手的时刻了，我们在十字路口恋恋不舍地相互顾盼着分道扬镳。分手之际，我们山盟海誓，相约来日一定相会。

从此之后，幸福之门向我敞开。她的到来彻底改变了我的生活，那变化的程度之大，就仿佛一间无门无窗的黑屋子的房顶被突然整个儿掀掉了一样，世界从此变得美不胜收。春日，我和她来到自然公园，尽情感受花儿的芬芳，欣赏从前令我焚骨燃心般渴求的蓝天白云和绿色山林。夏夜，我们在温柔夜色之中缠绵。秋天，我随她去到我们都向往已久的苍茫大海上随波漂游，在游艇甲板上享用咸味的海风和火红的朝阳。冬季，我们在积雪的高山上呼啸滑行而下，感受速度和凛冽寒风带来的刺激。她真正是一个天使，总是能给予我想要的东西。她那源源不绝奉献给我的温柔爱意，彻底抚平了我心上的累累伤痕，我终于感受到自己确实是活着的人，是在生活的人。她拯救了我的生命，能得到她，也是我的造化。我真是幸福，真是幸运，我诚心诚意地爱着她……

到此为止吧。

微电流对神经末梢轻微但却十分清晰的刺激使我睁开了双眼。大约只是心跳一次的时间，幸福的幻影便无可挽回地烟消云散了，正常世界的正常现实以排山倒海之势向我席卷而来，迫不及待地收复着它仅仅失去了片刻的失地。

我缓缓摘下罩在头上的虚拟现实梦幻娱乐系统的电脉冲信号

输出头盔，随手搁在一边，木然凝视着汹涌而至的现实生活。如同滚汤泼雪一般，温柔甜蜜的爱情和幸福的感觉一触即溃，片刻就被赶尽杀绝。没有她，没有风花雪月，没有令人心醉的都市暮色中的初次相会，没有咖啡厅里的绵绵情话……没有！什么都没有！

我的心在疯狂地号叫，狂躁恼怒的感情已经彻底淹没了它。我努力克制着正在我体内乱窜的想跳起来乱砸一通的冲动。我恨这儿！我不要待在这儿！我曾花了不计其数的时间和精力努力使自己不要憎恨此地，但我的恨意却固执地越烧越旺。

我不清楚地球上是否有人憎恨他们那蓝色的故乡，反正我怎么也无法彻底消除这憎恨，因为我的故乡无法令我爱它。想想多么可怕，到目前为止我生命的所有时光，都是在这儿度过的，这么十几间舱室就是我从小到大的全部的生活空间（工作空间除外）。这是多么的不公平……叫我怎么能不恨？

我慢慢站起身来，噼啪作响的关节令我皱起了眉头。究竟何时我才能离开此地到一个更广阔的天地中生活呢？再在这个鬼地方待上几年，恐怕我全身的关节都要锈死了……我哀愁地环顾这间已熟悉得令我厌烦不已的密闭舱室。

这间舱室近乎实心。虽然各种物品都是依电脑测算出的最节省空间的方案摆放的，但仍显得拥挤不堪。无药可救了，它的面积就只这么点儿，有什么办法。

舱室里堆放的都是各种外层空间生活所必需的设备，正常生活所需的各种家具就只好委屈一下折叠着存放在几个壁橱里，用时才允许它们舒展筋骨。衣物什么的扎扎实实地塞满了衣橱，衣橱下面就是我的床，这张安放我三分之一生命的床嵌在舱壁之中，很窄，仅能容身而已，每次租来广告上信誓旦旦"包君满意"的人造电子美人，都因太挤而弄得很不尽兴……只有如刚才在梦幻之中那样在宽达三米的宽大柔软的水床上与心爱的人尽情缠绵，才能令我心生不虚此生之感。

我已经在这难觅一丝生活气息的舱室里虚掷了二十余年时光了。我恼恨得想使劲扯住上帝的胡子，让他老人家低下头来看看我住的地方像不像人的卧室！我过的是什么日子？舱里到处是机器设备，简直像间濒临倒闭的鸡毛小厂的设备仓库……当然，室内最占空间的，就是那套虚拟现实梦幻娱乐系统。这套系统的各个部件横陈竖卧，吞掉了室内不小的空间。可我无论如何也不能没有它呀！我的生命全依赖它给予支撑，不然我简直没有继续活下去的勇气。它是另一个世界的入口，是它帮助我品尝到了远在上亿千米之遥的真正的人间世界的滋味，我由衷地感激它。

我迈开脚步向舱门走去。这间舱室就是个罐头盒，没有窗，只有门，门外则是另一间没有窗的舱室，舱室与舱室首尾相连，组成一个环，这个小小的环形世界就是我从小到大所居住、生活的世界，除此我再未真正踏足过其他任何有人类居住的区域。

我慢慢地走着，穿过一间又一间的舱室，其间只有密封门开启所发出的嘶嘶声，除此之外，再无声响。没有一个人，所有舱室均无人迹，只有我在茫然地不停走动。

人都上哪儿去了呢？我困惑不解。我似乎记得从前这个地方还有其他人的，他们和我在这里一同生活，一起工作……确实如此，我绝对不是一直独自在此生活。可是他们到哪儿去了呢？他们又是谁呢？我想不起来了……不，不是想不起来，而是……我根本就不愿去想。我的思维的焦点如同受惊的小兔，不停躲闪回避，拒绝执行回忆这一指令，我因此而困惑不得其解。这究竟是怎么一回事呢？我究竟为什么独自一人置身此地？为什么人们都抛弃我？

没有答案。我仍一人伫立于空荡荡没有人迹的狭小舱室之中。

静立良久，我再也压制不住烦躁的情绪了。这密闭的窄小空间令我郁闷令我窒息，几欲发狂。我再也无法忍受下去了。于是我像从前一样，迈步走向锁气室。

穿好太空服，我关上了锁气室的耐压门。真空泵抽吸空气的呼呼声不一会儿就微弱下去了。当锁气室内的气压接近于真空之时，通向太空的舱门打开了。

黑沉沉暗幽幽的宇宙凶猛地吸吞着锁气室的微弱灯光。星星们的光芒清晰但带不来半点温暖，犹如冰凌发射出的冷森森的寒光。好在小行星所反射的太阳光还比较可观，我才好歹保持住了精神上的稳定，但是我的心仍然好一阵慌乱。我害怕黑暗。

太空服上的喷气推进器轻轻将我推离我的……家。家，我连回首看它一眼的兴致都没有。这种廉价的太空居住系统，说白了就是一截粗大的弯成环形的双层空心金属管子，外面裹着一层太阳能采集面板，夹层里是厚厚的防辐射材料，里面的空心部分就住人，而环的圆点部位则是对接口，由辐条状的四条过道通向居住舱室，我们平时大部分时间就蜗居于这么个不折不扣的弹丸之地，依靠从定期货运飞船上购买的生活必需品在这令人发狂的黑漆漆的阴冷太空中坚持生存。在如今的太阳系里，这样的居住系统到处都是，许多冒险家和他们的家人都以它们为家，在太空中安居乐业，但我怎么也不愿意承认这种地方就是我的家，不，我的家不应该是这种样子……我想呼吸的是大自然中的空气，而不是罐子里的空气；我想吃真正从泥土里长出来的食物，而不是在太空"农场"的储水泡沫塑料里采用工厂化生产方式生产出来的东西；我想走在五光十色令人眼花缭乱心动神游的都市街头，而不是伸手不见五指的死气沉沉的宇宙；我想怀抱着真正血肉丰满、有喜有怒的活生生的地球女孩，而不是和一堆电子元件做爱；我渴望仰起头便能看见温柔的蔚蓝天空和可爱的白色云朵……我的家应该是在地球上的！天经地义！

小行星在向我靠近。它身上的向阳处纤毫毕现，背阴处恍若虚无，一副阴阳脸。我也厌恶它，它所给予我的感觉和车轮似的。相比之下，家也好不了多少，若不是实在根本无处可去，我才不肯踏足在它身上呢！

这颗直径八百多米的小行星和我的"家"简直就是一对暹罗双胎，它们之间有好多根钢缆相连，系死了，所以它们只能彼此相伴存在于宇宙之中。这一点，似乎也暗示着我无法离开此地。

着陆了。我关掉喷气推进器，迈开脚步开始行走。我要摆脱正在头上宿命般永不停息地旋转的那个"家"。不用担心什么，这颗小行星我了如指掌。我从七八岁时就开始在它上面像个童工似的苦干不止，还有什么神秘陌生可言？

群星犹如钉在黑暗天穹之上的明亮宝石，太阳的光芒虽然相当可观但却无法彻底驱除黑暗无涯的宇宙向我心中灌注的寒冷与恐慌。我感到难以忍受的孤独。我一边在几乎没有重力的小行星上努力保持身体的平衡，一边全力用目光搜索星空。我知道自己找寻邻居的努力是一种徒劳，虽然主小行星带的小行星多不胜数，但想用人的肉眼看见相邻的小行星却几乎是不可能的事。然而我仍然翘首扫视，疯狂地寻找着。

我的身体与太空服内衬的摩擦声在太空服里回荡，除此之外，一片寂静。

我终于看见我的真正故乡了！蓝色的地球犹如上帝的眼珠，在高天之上注视着我。

地球，你可知你在我心中的地位是多么的重要，你可知我对你的向往与渴求有多么强烈，你可知飘零宇宙之中的游子的寂寞与痛苦，你知道吗？我慢慢落到地面，双膝轻轻着地跪于异星的表层，又一次双手合十仰头从这宇宙的孤岛上注视着我的真正故乡，无声地喊叫着：我要回去，我想回去！这是发自我心灵最深处的呐喊。

这时，我的耳中真正听不见任何声音了。绝对的寂静，只有我心灵那沉默的呐喊在我体内回响。

许久之后，我站了起来。现实还是不肯后退半步，呐喊终归还只是呐喊，我回到地球的愿望还是必须再苦等一段时间才有实现的可能。我必须耐心等到攒够那笔钱之后，那笔法律规定的在外层空间谋求发展的人要取得地球永久居留权所必须缴纳的天文数字一般的钱。

这是一条专横的法律，制定于人类向太空大规模移民的同时，尤其专门针对到太空来寻找出路谋求发展的私人小业主，作用是防止他们牟取暴利，不能让他们膨胀到形成势力，从而影响到地球经济圈的稳定，避免产生难以控制的后果。事情很简单，谁都看得出太空资源开发产业投入小、收益大，获利极巨，地球经济圈在与空间经济圈的交换中将会处于极为不利的地位。不平衡肯定将带来矛盾，而这个矛盾如果处理不当，极有可能形成一场巨大的灾难。巨量新资源的飞速输入和资金的大量外流必将导致流动、混乱，以致破坏。原本早已成形并已发展成熟了的地球经济体系有可能彻底被冲击得七零八落，世界会发生天翻地覆的变化。究竟会有什么后果，即使最先进的电脑系统也难以准确预测……

所以太空开发事业不可以放任自流，更不能发展得太快，必须加以大力控制，因而完全有必要动用行政司法的力量和强硬手段。于是，这条法律就这么诞生了。

法律规定：所有想在外层空间谋求发展的人，从他离开地球的那一刻起，他就自动地失去了地球公民的身份和权利，今后要想回到地球定居，就得拿出钱来，否则就只能在太空"村落"里生活一辈子了。大体上就是这么个意思。

不仅如此，双边贸易也由官方垄断，太空小业主只能向政府出售他们的产品，也只能从政府手中购买必需品，违者以走私罪从重处治。这是一种以不平衡对付不平衡的方法，政府以很低的价位收购矿产制品，而售出的必需品却价位奇高，这样太空小业主们的利润就被狠狠削刮了好几层。此外运输也由官方彻底把持，那运费自然也……另外还有惊人的资源税和管理费，贷款利息更如一头双目眈眈的饿虎。没有任何二话可讲，任何人都知道这一切合法不合理，然而但凡太阳的光芒可及的范围内已不存在讲理的地方。

本来，如果太空开发事业完全由政府官方独营就不会出现这种麻烦事了，但独营的生产方式自古以来就是腐败、低效率、低质量、高消耗、高浪费的代名词。再者太空中的小行星也太多了，并且太分散，仅在主小行星带，直径 1000 米左右的小行星就达五位数，直径 100 米的则至少多了一个数量级，更小的那就没法精确统计了……由官方来开发实在不好管理。政府费尽九牛二虎之力霸占了直径上百千米以上的"大块头"——其中大部分仅仅只是被封禁了起来，其余的只好让个人或者小集体来开发。

但是，政府的宏观控制实在干得漂亮。地球经济圈在稳定中得到了快速发展和繁荣，却没有出现动荡局势，也没有经历阵痛。而太空小业主们也没有能一夜暴富，更没几个最终建立起了那种尾大不掉的超级公司，这就防止了新型贫富分化局面以及各类不良社会后果的出现，更防止了太空公司对地球经济的控制，也阻止住了对太空资源的破坏性的疯狂开采。虽然这种环境对小业主们来说似乎不太公平，可虽然难成巨富，捞一把发个财回地球还是不太难的，所以还是有不少的人愿意到太空中来碰碰运气，并且生活。

太空中的生活绝无轻松愉快可言。母亲的温暖怀抱我没有享受太久，严格的训练我自小就开始接受，七八岁就已开始干活，从此一直劳累至今。其间我同冷酷的太空、官气十足的蛮横的地球政府官员、危险的走私贩子、狡猾的必需品供应商、脾气暴躁的运输飞船乘员斗争不息，全力把自己磨炼得刀枪不入、百毒不侵、心如铁石。很早我就悟出了在这蛮荒之域是没有脉脉温情的，我只能像一头野兽那样拼命、搏斗不止，绝不可以像天使一样沉溺于爱的海洋。放松的办法就是逃避到虚拟现实娱乐系统所营造的缥缈幻梦之中，或是出钱租个有性程序的人造美人来搓揉一顿……这就是我的生活。

肯定有人喜欢这样的生活，但是我对它深恶痛绝。生活不应该是这个样子的！虽然账户上的阿拉伯数字几乎可以令每一个土生地球公民看了无法无动于衷，但对我却没有什么吸引力，我百分之百愿意用它们来换得在地球上的永久居留权。地球在我眼中，真是可望而不可即的遥远天堂，我不知我的手何日方能抓住天堂的门把手，从而从这地狱之中挣脱出。多少次，我从美梦之中恋恋不舍地离去，面对这冷酷的现实失声痛哭。我其实根本做不到刀枪不入、百毒不侵、心如铁石，从未拥有的脉脉温情以及幸福美满的生活向我发出致命的诱惑，令我深陷沙漠深处垂死者一般的痛苦之中。这痛苦日复一日地折磨着我，除非回到地球，否则我永远不能得到解脱。只要能回到地球，我甘愿付出除生命以外的任何代价。

然而我就是实现不了这个愿望，有人一直在阻止我。

谁？是谁在阻止我？我恼怒地发问，同时举目四顾。

目力所及之处，一片片白色的斑块飘浮在黑暗的虚无之上，并无任何人迹。

我转动身躯慢慢扫视。

蓦地，一块反光的金属铭牌突如其来不由分说地闯入我的视野。

那是一块墓碑。

专为太空冒险家们设计制作的墓碑。

可是它下面埋葬着谁呢？

我回忆着。

但奇怪的是我的脑中仿佛有一个坚实的硬块，它阻滞了我的思维，我什么也想不起来。我想走过去看一看，但是双腿却不执行大脑发出的命令，它们固执地僵直不动，不肯向前迈动。于是我只好站在原地皱着眉头苦苦地在漆黑的记忆中摸索。

渐渐地，我感到了一阵震颤，这种感觉很奇特。它很轻微很轻微，但却撼动了我全身的每一个细胞。我屏住气，全身心沉入这种似曾相识的感觉之中，回忆着。

震颤感在不断增强，同时我脑中的那个硬块也逐渐受震松动了，被封闭着的昔日之光星星点点地透了出来。不知为什么我的心慌乱起来，恐惧如同黑色的影子，从地面缓缓向我身上爬升。

震颤感猛烈地摇晃我的全身。哦，对了，这种感觉是……是凿岩机在震动！是我在手执凿岩机挖掘坟墓！脑中的硬块轰然响动着粉碎了，可怕的记忆如同滔天巨浪，排空呼啸而出，向我劈头猛压下来，我顿时无法呼吸。

就在这当口，我赫然发现那坟墓之上站着两个人，两个身穿我再熟悉不过的服装而未着太空服的人影。他们在注视着我，这让我毛骨悚然。记忆已变为了一个正在疯狂喷吐熔岩的火山口，将炽热的往昔抛向我全身每一个细胞。他们……他们……

我连连后退，仓皇间转身拼命奔逃。然而不知为何这颗小小的岩石块的重力竟骤然加大，我仿佛是在中子星上迈步奔跑，每一步都重若千斤，艰难极了！我强烈地感到他们正在一步一步、不紧不慢，但以远高于我的速度在逼近！我怕得要死，汹涌的恐惧如同熊熊大火，在背上肆意跳舞，我的意识已濒临崩溃。

魂飞魄散的我使出全身之力于双腿之上，拼尽全力地奔跑着。不料我一下子摔倒了！我只看见异星的大地泰山压顶般向我脸上压来……

"哇！什么人？！"我大叫一声，从床上一下坐起身来。

12平方米的斗室寂静无声，稀薄的晨曦正从窗外缓缓飘了进来。我坐在床上，连喘粗气。

惊魂稍定，我感到口干舌燥，全身都是汗。这是他们第几回闯进我的梦中了？记不清了，实在记不清了……我竭尽全力拒绝回忆，可是梦境之乡不归我的理性管辖，这实在是一件糟糕的事情。

　　我无精打采地起身下床，走到门旁的简易洗脸池边，把头伸到水龙头下，拧开水龙头，狠冲了一气。

　　待清醒一点之后，我双手撑住水池边缘，任凭头发上的水珠滴滴答答地滴在池中。至此我才相信自己确实已从梦魇之中解脱。

　　我擦干头发，穿上外衣，胡乱弄了点东西塞进胃里，戴上工厂配发的工作帽，开门走出了这间我租下的廉价小旅店的客房——现在这个人生之河上的孤岛就是我在地球上的家。我得去上班了。

　　走在这条全镇唯一的商业街上，路面宽阔得令人寂寞，我深深地吸了一口清晨的清新空气。这样的空气对我来说比咖啡更为有效，这是真正的大自然的空气，我的精神为之一振，这更进一步证实了我确实就身处地球的大气层之中。

　　清晨的薄雾正在散去，这座镇子正在醒来。这镇子确实还不错，环境很好，有青山，有碧水，有绿野。小镇规模也还可以，五脏俱全，该有的设施基本上都有。至于人口，在一万以上！真的不少了，在如今依靠空间资源的输入而遍布巨型都市的地球表层，乡村小镇能拥有这么多人口真是相当不简单了。打了激素一般狂长不止的都市提供了无数诱人的机会，毫不留情地将人们大口大口地吸吞了进去。幸存的一些村镇依靠提供在都市中销路还算不错的天然农产品和花卉，得以苟延残喘，勉强支撑了下来。这个镇子之所以还有万把多人口，经济上全赖有个规模相当可观的养鸡场存在，而我就在这个肉食品供应股份公司下属的鸡肉加工厂干活。

进了厂子，我换上工作服，准时来到了我的岗位。我的工作就是手执利刃，一刀一个地切割挂在生产流水线铁钩上、已由机器宰好褪了毛的肉鸡的左胸脯肉。就这么简单，一个来了，先伸出右手抓住，再用左手挥刀一割，下来了，好，下一个。挺简单的工作。

我之所以能找到这份工作，唯一的原因就是因为我是个可以左右开弓的人。切割鸡胸脯肉需要人的灵巧，这活计对智能机械的要求不低，所以还是用人成本低些，但普通人不方便切割左胸脯肉，非我这样的人或者左撇子不行。

刚刚宰好的肉食鸡身上还有余热，有时肌肉都还在抽动。刚开始的那几天我认定自己是干不了这种活计的，但40多天过去了，我再也没有了感觉，只是机械地切着、割着，来一个，切一个……

人类从来就没有尊重过生命。出生于太空的我以前从来不知道生命原来竟是这么的低贱，这么的不值钱。看看这些仅用不到两个星期就育成催熟的鸡，在它们还根本不明白生命和世界是怎么一回事时，就被端上了人类的餐桌……人类一直在没命地吞吃从世界上榨取的资源和生命，身躯因此而不断膨胀，同时胃口也以几何级数般增长，于是更加拼命地吃、喝，人类的所谓文明依靠这种方式得以建立、维持、发展、壮大。我，就是因此而被抛进了冰冷冷的太空……可这一切又有何意义呢？我所遭遇的痛苦命运，我所受的那么多年的苦，我所付出的惨重代价，其意义究竟是什么？我其实与眼前的这些鸡没有什么本质上的不同。

但是我不能往深处再想下去了，也不能因此而感到点儿什么，我必须留着神儿，这样才能跟上机器的速度，同时避免切伤自己的手。

本来我完全可以不用干这种辛苦危险的工作的，只要我回到地球当局为我们这种人专门划定的社区，我就又能通过社区的专属银行动用我的财产了。我的财产虽然被地球当局想方设法地削刮了好多，但余下的部分仍然足可供我在地球上衣食无忧了。然而在地球上，正常的人都应该工作，工作自古以来就是人类生活中很重要的组成部分，人类谓之"事业"，所以我也必须找个工作干干，我不希望我在付出了那样惨重的代价才回到地球后却过上了不正常的生活。

漫长的上午终于结束了。我放下刀子，脱掉工作服，出厂到街对面的快餐店去吃午饭。

　　快餐店的伙食味道相当不错，至少比我从前在另一个世界中吃到的东西要有滋味，无论如何也要强，因为这是从真正的泥土里长出来的，我认认真真地咀嚼着。

　　店内的人不少，其中相当一部分是我的同事，他们全都三三两两地扎堆儿坐在一起，互相交谈闲侃说笑，只有我一个人孤单单地坐在角落里。一个多月过去了，我和他们基本没说过什么话。回到地球这两年的遭遇使我多少变得聪明些了，我知道我这样的人是不可以轻易和土生地球人交朋友的，因为我无论如何都不能让他们知道我是从外层空间回来的人。倘若我不够谨慎，让他们知道了我的身份，他们之中绝对会有人霍地跳出来对我大加刁难，想方设法地伤害我，在我身上肆无忌惮地释放他们那莫名其妙的怒火，而我不能奢望会有人同情我。这是不可以存有侥幸心理的，不信可以去看看电视新闻。

　　许多土生地球人都恨我们。没什么别的原因，就是因为我们的财富。他们称我们为"该死的暴发户"，对我们比他们有钱这一点怀有近乎变态的刻骨仇恨。他们认定地球上的一切不公、罪恶和丑恶全都是我们在地球经济活动中兴风作浪所致。人类向来就有这个爱好，耐心翻翻历史书就一清二楚了，人类其实自丛林中走出来的那一刻起，就不再是一个整体了。我们的出生地不在地球上，这就给了他们一个再好不过的不把我们视作同类的理由。

不过，话又说回来，事实上我们之中的相当一部分人也确实是在兴风作浪。大多数人之所以甘愿忍受危险清苦的太空生活，为的就是钱，攫取财富简直就是他们生存的唯一目地。好不容易吃尽苦头聚敛足了资本，怎么可能叫他们不再继续攫取？回到地球，他们就利用手中的巨额资本在投机市场上翻江倒海，或是四处投资，抢占有利可图的行业，这如何不招人恨？我也跟着受了连累，不得不时时刻刻小心留神，并用沉默和距离感把自己保护起来，结果落得孑然一身。

虽然如此，我仍然认为从那种专为太空回归者设立的社区中逃出来是正确的。天哪，在那种地方，全部都是从外层空间回归的人，真是叫人发狂……我千方百计地逃避回忆，但那儿尽是过去的烙印：书籍、绘画、建筑物风格、自办的电视节目、网上的信息、人们的服饰以及言谈……统统不离对过去的追忆。我不明白这些人为什么那么迷恋过去？真是见鬼了，要是喜欢外层空间的生活，干吗又要回到地球呢？为什么？为什么大家都不害怕回忆？在这种地球上的"太空村"里，我的恐惧显得那么格格不入，我因此而感到压抑、孤独、窒息，然而我只能一个人在黑夜中的高楼之顶独自号叫。

我出逃了。那种社区是给予不了我一直渴望的生活的，在那里我连内心的平静都得不到，触目之处皆令我伤怀。天哪，我不顾一切地回到了地球，不应该还是生活在过去的阴影之下！在那里，我不敢与别人交朋友，不敢去爱中意的女孩，随时随地都有可能被某件东西勾起盐酸一般的回忆……这不是真正的地球生活！除了出逃，我看不出还有什么别的出路。

午饭不一会儿就吃完了，还剩下了半个多小时的空闲时间。我买了杯饮料，懒散地坐在椅子上慢腾腾地啜饮着。

这种时候最是令人难于忍受，因为寂静。这镇子最大的缺点就太安静了，有时静得让人恍惚觉得整个镇子就是一个巨大的墓地，而居民就是一群群半透明的、雾气一般来去悄无声息的幽灵，就像是一部古老的名叫《帕斯卡尔》的系列卡通片中的形象。

我害怕。虽然外面艳阳高照，但是我却不敢离开人多的地方，不敢走到中午时分静悄悄几无人迹的大街上，就好像那儿如同南极极点一般寒冷似的。

这个镇子我是颇为喜欢的，我在出逃之初并没有什么明确的目的地，只想着哪儿能吸引我就在哪儿驻足。我前后在六个都市和小镇居住过，目前看来这里最能吸引我，但缺点就是太安静了。没有办法，镇上的日常生活实在百无聊赖，绝大多数人都是一回到家就锁上门一连看上 4 个小时的电视，或者是在网上流连直到深更半夜。孩子们依靠和网上素昧平生的高手较量游戏技艺来获取童年的欢乐，这些就是所谓的正常世界的日常生活，他们实际上也生活在封闭的舱室之中。这样的生活模式多年一贯制，早成了历史悠久的传统了。我无可奈何地叹了口气，站起身来，走到自动点唱机前，投了枚硬币，随手在显示屏上触碰了一下，随便点了首歌，然后回到了我的座位上。

由于我开了个头，便陆陆续续地有人点歌。这可太好了，可帮了我的大忙，寂静被暂时驱除了，我心头的压力因此而得以减轻。我就在这些没油没盐的犹如夏日蝉鸣般的歌声中艰难地消磨着这僵硬坚固的午休时间。

总算到了下午上班时间了，我和工友们一起再一次走进车间，开始继续为人类的文明而残害生灵。

下午我的情绪总是要高一些的，因为下班后我可以见到我所苦苦追寻的东西，我熟练利落地干着，心中期盼着下班铃声早些响起。

就在我累得以为下班铃声永远也不会响起的时候，它响了，于是我赶紧放下刀子洗手、换衣，把帽子塞进衣袋，好好梳了梳头发，向快餐店走去。

还好，靠窗的座位还有几个。我利索地买了一份饭，坐到了一个这样的座位上。

就要来了，时间就要到了。我已无心咀嚼食物，只是侧着头目不转睛地盯着窗外。

窗外的大街上洒满红红的阳光。夕阳犹如佛祖的慈悲心怀，普照四方。遥远的天边，巨大的火烧云宛如一座硕大无朋的充满童话色彩的城堡。也许，在那片火红的天地里，就居住着白马王子和他的公主。两人相识于花前月下，不幸有恶魔阻于他和她之间。不过这恶魔的存在只是为两人的最终结合制造波折，以显王子的勇武和公主的忠贞，而不能真正阻止两人的最终结合。王子费了一番手脚，最终还是砍下了恶魔的首级，理所当然地得到了他的战利品——公主，从此两人幸福地生活在红色的城堡中，再也没有了烦恼、痛苦以及悲伤……咳，幸福若是如此这般便可以到手，叫我和真正的山中猛虎赤手相搏我也干。

她出现了。

我的心如遭电击一般猛地一下撞在胸腔壁上，我一口气噎住，赶紧抛掉脑中乱七八糟的幻想，举目注视着她。

正是她吸引我留在了这个小镇。

这个女孩无疑是个美人，身材窈窕，鹅蛋脸形，长发飘逸，玉肤胜雪。但这些都不是最重要的，最重要的是她是我回到地球这两年所见到的最像我梦中情人的女孩。她的发式，她的气质、身材、脸形，服饰上的爱好，甚至她走路的姿势，都和我梦中的那个温柔的幻影相当接近。红尘之中恐怕再也没有人比她更像她了，就仿佛冥冥之中真有那么一根红线在牵引似的，我被牵到了这里。看着她轻盈地向我接近，我感受到了曾经体验过的激动与兴奋，呼吸随着心跳快速加快，眼底能清晰地感受到血管的脉动。

她就在不远处的镇政府里上班，每天的这个时候，她都要经过这条街，所以我每天都于此刻坐在窗前，等待她的出现。

她越走越近，我全神贯注地注视着她。她那随着微风轻轻飘动的白衣和蓝色长裙以及黑色瀑布一样的长发使她看上去宛若云中仙女。血液在血管里快速流动的感觉清晰地从全身汇集到我的大脑中枢。是的，是这种感觉，就是这感觉促使我在梦幻之中那么用力地拥抱着她。这就是爱与希望的充满魔力的甜美感觉，我就是为了这种感觉付出了那么沉重的代价……我认认真真品尝着这种感觉。

她低着头旁若无人地轻轻走着路，目光害羞一般低垂着不肯升起来。不过我仍能看清她的眼神，我看见她的眼中透出一丝倦意。也许除了我之外，镇上所有刚下班的人眼中都有这么一丝倦意。

我怎么会有倦意呢？我的心正在疯狂地跳动，全身都在因激动而微微颤抖。虽然此刻的感觉确实不如从前在幻境中那么强烈，她也比我的那个梦中情人逊色一筹，但我仍然更愿意品味现在的感觉，更愿意欣赏与幻影相比并不算完美的她，因为这些都是真的，不是虚幻。她是真的，我的感觉也是真的，幸福就在距我数米之遥的地方。我贪婪地品味着，每一微秒都珍贵无比。

她走到我的眼前了，我只觉得她行走时所搅动的温馨的空气在触摸我脸上的皮肤。世界真美！这时在我眼中，一切都是那么的美丽，阳光、空气、街道、人群、楼房、山峦、云朵……无一不在颤抖、晃动，这与当年虚幻之乡中的都市街景给我的感觉一样。泪水悄无声息地将世界浸润于模糊之中，轻轻的抽泣之声从我的唇间淌入耳中。值得，真不枉了我拼尽死力回到这里，一瞬间我陷入了迷离之中，恍惚间只觉得梦想已经成真。不知姓名的女孩啊，你可知你身上寄托着我这一生全部的希望。

然而她根本没有意识到我的存在。她无动于衷地从我身边轻轻松松地走过，扬长而去，去继续属于她自己的生活。也许，她的情人正在等待着她的轻吻。我的目光追随着她的背影，一点点在夕阳下的大街上移动，直到她消失在一个岔路口。

我颓然地垂下头，一阵淡淡的忧伤悄然袭来。只是片刻之间，这稀薄的忧伤迅速转变为了浓重的悲哀，汩汩地把我一点点淹没。黑夜又要降临了，一天又要过去了……这就是我的生活，在我真正的故乡的真正的生活。

我并没有得到我想要的生活。

一个人要想拥有真正幸福的人生，至少必须拥有三样东西，那就是事业、爱情和朋友。可我却一样也没有得到，两年了，我依旧孑然一身两手空空地伫立在这陌生的故乡。

这就是我的生活，这就是我付出了惨重的代价才得来的生活，就是为了这样的生活，我故意没有将爸爸的太空服生命保障系统的电充足。

爸爸是一个胸怀大志雄心勃勃的人，他年轻时就决然地带上深深地爱着他心甘情愿跟随他到天涯海角的妻子——也就是我的妈妈，凭借贷款在小行星上建立起了他事业的开端。他与那些到太空来"干一票"的投机者截然不同，他轻蔑地称那些人为"目光短浅的鼠辈"，他的志向根本不是仅仅成个富家翁就算了。他无数次向我诉说他的理想、他的希望、他的宏图大业：他要成为太空开发时代的福特、洛克菲勒和比尔·盖茨。他说在一个已然发展成熟的经济圈里，自由奋斗的斗士的主观努力已是不足道哉的东西，资本才是决定一切的魔杖，所以普通人在地球上可以说是没有机会的，飞黄腾达的唯一希望在太空。太空开发事业才刚刚起步，而刚刚起步的事业总是能造就伟人，因为机会遍地皆是。此时不取，悔之晚矣，先入者必为主，富翁算得了什么，大丈夫必须成为历史的一部分！所以尽管几乎一无所有他仍不顾一切地闯入了太空，立志要创立一个足可以在历史上留下痕迹的公司帝国，一个太空矿业托拉斯！

可我却偏偏是个胸无大志的不成器的东西。我不能理解他的雄心壮志，不能理解那个小小的太空矿业作坊对于白手起家的他有多么重要，不能理解为什么偏偏是我出生在这冷酷黑暗的太空，更不能理解我为什么从七八岁起便得像个童工似的在那颗丑陋的小行星上拼命干活。妈妈的温柔使我知道生活还有另外一种样子，我很小就本能地向往着那种生活。随着年龄的增长和对信息理解能力的日益加强，我的不满与日俱增，艰苦危险的太空开发生活令我越来越强烈地向往着地球上的幸福生活。虽然在几次冲突之中爸爸的态度极为强硬，但我在内心深处仍然还是认为他最终是会将攒下的钱用在购买地球居留权上的，我不相信会有人对地球的巨大吸引力无动于衷。我一直在盘算着漫长等待之后回到地球怎么充分享受生活的芬芳。

直到爸爸又买下了两颗小行星并把钱全投在了购买设备招募人员组建公司上之后，我才真正彻底认识到我和他之间的矛盾不可调和，即使妈妈的温柔也不行……看着业务拓展给他带来的无可比拟的欢欣，听着他所说的"这才刚刚开始"的话，我绝望地意识到此人的铁石之心无法打动。我曾花费了无数的时间来设计回到地球之后的生活，却原来只是镜中之花，极度的失望令我愤怒到了极点！我气疯了！于是我……

事发之后，没过多久，妈妈也死了，她真正是病死的，不是我……由此我才得以卖掉公司回到了地球。

我的双手十指在桌下可怕地绞在一起，将额头抵在桌沿上，全身缩成一团，龇牙咧嘴地忍受着此刻突如其来的无可形容的足可以撕裂我的灵魂的巨大痛苦。"不是我的错……"我艰难地挤出这一句话，申辩着。我现在不敢也不能相信那可怕的事是我干的。不！不可能是我干的，我一直在追寻铸成大错的真正元凶，但我至今也说不清究竟是谁造成了这一切。究竟是不是我呢？究竟是谁呢？

过了好一阵子，可怕的痛苦痉挛终于熬过去了，我全身放松，但仍保持着原来的姿势，一大口又一大口地连连喘气。我发觉自己今天又一次全身被汗水浸透。我没有得到任何想要的东西，而可怕的十字架却已死死钉在了我的背上，再也不可能卸下了……

大致恢复了常态后，我抬起头来。天色已暗，店内已经亮起了灯，一些食客惊异的神色刚刚收敛，又若无其事地吃喝交谈起来。我把目光移向自己的晚饭，晚饭才吃了一半。我呆呆地看了它好一会儿，终于决定把晚餐继续下去。

我一口一口地吃着，也不嫌饭凉。我认认真真地把饭吃得半点也不剩。

出得店门，并不显温柔而是给人以肃穆悲凉之感的蓝色暮霭已罩住大地，凉凉的晚风在小镇的街道上快速流动，星星点点的灯火犹如正准备跃入天空的群星。我深深地吸了一口气，肺叶给扯得向上一缩。我决定了：明天，再一次见到她之时，我无论如何也要鼓足勇气给她送上第一束鲜花。我得追寻下去，我必须追寻下去，追寻我的爱情、事业、朋友，追寻真正幸福的生活。沉重的十字架也好，间或袭来的可怕痛苦也好，危险的仇恨与敌意也好，苍白乏味的现实生活也好，她的冷漠与毫不在意也好，都不能阻止我继续追寻，因为我已没有退路。倘若我消失于黑暗之中，整个世界，地球也好，外层空间也好，已没有人会为我而哭泣。所以我必须怀着殊死的决心全力以赴生存下去，追寻下去，直到真正抓住我为之付出了无比惨重的代价的东西。到那时，我想我就可以幸福地生活下去了，漫漫红尘之中终会有人为我的不幸与痛苦而哭泣了。

　　我裹紧上衣，低下头，快步冲入黑沉沉的夜幕之中。

异域 /何夕

超时空进化

一

　　我跨了进去，而后便觉得大脑中嗡嗡地乱响一通，开始时眼前那种微微闪烁的白光忽然间就变成了昏黄。四周长满了高大得给人以压迫感的植物，有种莫名的慌乱掠过我的心中，我不自觉地回头看了眼蓝月，她似乎没有什么不适，于是我又觉得有一丝惭愧。戈尔在我身后不远处整理设备，仪器已经开始工作，当前的坐标显示我们正好处于预定区域。身后 20 米开外有一团橄榄形的紫色区域，那里是我们完成任务后撤离的密码门。

　　我始终认为这次行动是不折不扣的小题大做，从全球范围紧急调集几百名尖端人才来完成一个低级任务，这无论如何都显得有些过分。我看了眼手中最新式的 M-42 型激光枪，它那乌黑发亮的外壳让所有见到的人都不由得生出一丝敬畏。但一想到如此先进的武器竟会被用作宰牛刀，我心里就有股说不出的滑稽感。

"2号，你跟在我身后，千万不要落下。"蓝月在叫我，说实话，她的声音不是我喜欢的那种，也就是说不够温柔，尤其是当她用这种口气对我下命令的时候。

"我叫何夕，不叫2号，我也不想叫你1号。"我不满地看了她一眼。老实说，我的语气里多少有点酸溜溜的味道。在演习时输给她，的确让一向心高气傲的我有些沮丧，本以为凭自己的能力是不会遇到什么对手的。

蓝月有些意外地看着我，微风把她额前的短发吹得有几分凌乱，而不知怎么，她那双黑白分明的眸子竟然让我感到一丝慌张。如果站在客观的立场上来评价的话（当然我现在根本做不到这一点），蓝月的确可算是具有东方气质的美人儿，就连我们身上这种怪模怪样的特警服到了她的身上似乎也成了今秋最流行的时装，让人很难相信她竟会是那个又黑又瘦的蓝江水教授的女儿。从基地出发的时候，蓝江水特意赶来给蓝月送行，一副猥琐的样子。在这个人才济济的全球最大的科研基地里，蓝江水是个没有出过成果的名不见经传的人物，我听说只是因为他曾经是基地最高执行主席西麦博士的老师，所以才勉强担任了一个次要部门的负责人。蓝江水显然对女儿的远行不甚放心，一直牵着蓝月的手依依不舍。我想他应该知道我们此去的任务是什么，别说是危险了，恐怕连小刺激也说不上。当然，做父母的心情我多少也能体谅一点。

之后，西麦博士开始谈笑风生地给我们第一批出发的特警交代此去应注意的一些问题，他的话不时被掌声打断。在此之前，我从未这样面对面地接触过西麦博士，他看上去比平时我们在媒体上见到的要亲切得多，言谈举止间都显现出大科学家特有的令人折服的风采。我知道西麦博士是我们时代的传奇人物，正是他从根本上解决了全球的粮食问题，现在的世界能养活三百亿人跟他的研究成果密不可分。像我这样的外行并不清楚那是些什么成果，但我和这个世界上的所有人都知道，正是从西麦农场源源不断运出的产品给予了我们富足的生活。西麦农场是这个世界上唯一的农场，像我这样年龄的人几乎从生下来起就蒙受其恩泽。西麦农场最初规模并不大，但如今的面积已经超过了澳大利亚。多年以来，位于基地附近的西麦农场几乎已成为人类心中的圣地。当然与此同时，西麦博士的声望也如日中天，他现在是地球联邦的副总统，不过，普遍的观点是他将在下届选举中毫无疑义地当选为总统。在西麦博士讲话的时候，我无意中瞟了蓝江水一眼，发现他眉宇间的皱纹变得很深，目光有些飘忽地看着远处，仿佛那里有一些令他感到很不安的东西。这个场景并没有激起我任何探究的念头，我只是名警察，对与己无关的事情没有太大的兴趣。

这时，戈尔叼着一支雪茄走了过来，他是我们这个小组里的3号。戈尔是令我讨厌的那种人，尽管现在世界上多数人都和他一样：好烟酒，爱吃肥肉和减肥药，不到50岁的人居然已经有了九个孩子，而且听说其中有三个还是特意用药物生产的三胞胎。当初分组的时候，我就不太情愿跟他在一组。戈尔是我们这个小组之中体格最壮的一个，背的装备也最多，就这一点还算让我对他有那么一丝好感。戈尔也是我们小组中唯一真正参加过战争的人，那是20多年前的事了，当时，几个国家为了粮食以及能源之类的问题打得不可开交。有意思的是后来西麦博士出现了，一场战争在快要决出胜负的时候失去了意义。于是，戈尔从军人变成了警察，他时时流露出没能成为将军的遗憾，不过我觉得他没有一点将军相。我记得从被选中参加这项任务时起，戈尔的脸上就一直笼罩着一团红晕，兴奋得像头猎豹，他甚至还宣布戒了酒。在这一点上，我有些瞧不上他，不就是打猎嘛，何必那么紧张。西麦博士说，我们的任务就是到西麦农场去把那些逃跑的家畜赶进圈栏，必要时可以就地消灭。不过说实话，我到现在仍然没看出这个地方有哪一点像是农场，在我看来，这里树高林茂，活脱脱是片森林。远处浓密的植被间不时跳出几只牛羊来，看见我们就惊慌地跑开。我叹口气，连最后一丝抓枪把的欲望也失去了。

"4号、5号、6号以及第五小组在我们附近，他们暂时未发现目标。"戈尔很熟练地浏览着便携式通信仪上的信息，他的声音突然高起来，"等等，6号发出紧急求援信号，他们遭到攻击。好像有什么东西……"

"我们快赶过去。"蓝月说着话已经冲了出去。我抽出激光枪紧随其后。

……

眼前一片狼藉，三名队员倒在血泊中。我不用细看便知道他们都已不治身亡，因为那实际上是三具血糊糊的彼此粘连的残躯。遍地是血，肌肉以及内脏组织的碎末飞溅得四处都是，骨骼在断裂的地方白森森地支棱着。我下意识地看了眼蓝月，她正掉头看着相反的方向，我看出她是强忍着没有当场吐出来。周围立时就安静下来了，我从未想过西麦农场安静下来的时候会这样可怕。我清楚地听到了自己的心跳声，空气中弥漫着强烈的死亡气息。尽管我不愿相信，但眼前的情形明白无误地告诉我，他们是被吃掉的。我检查了一下，有一位队员的激光枪曾经使用过，但现场没什么东西有被激光灼烧过的痕迹。

戈尔的嘴唇微微发抖，他满脸惊惧地望着四周，手里的枪把捏得紧紧的，与几分钟前已判若两人——其实我又何尝不是这样。事情发生得太过突然，从我们接到报警至赶到现场绝不超过10分钟，但居然有种东西能在如此短的时间里袭击并吞吃掉了三名全副武装的特警战士，世界上难道真有所谓的鬼魅？

差不多在一刹那间，我们三个人已经背靠背地紧紧挨在了一起，周围的风吹草动也突然变得让人心惊肉跳。我这时才发现周围的景物是那样陌生而怪异，那些树！天哪，那都是些什么大树啊？几乎在同一时刻，蓝月和戈尔也都转过头来，我们三人面面相觑。良久之后，还是蓝月打破了沉默，她有些艰难地笑了笑，"这里果然是个农场。"

蓝月说的是对的，这儿的确是个农场，而我们正好就在农场的某块田地里。那些先前我们以为是树的植物竟然都是玉米。

二

戈尔在前面探路，他故意发出很大的声音，我想这是他原先就设计好的，因为这是猎人驱赶野兽时常用的一招。只是我不知道现在这招是否仍然管用，三名特警的死状让我甚至怀疑自己到底是猎人还是猎物。我们这一批特警的任务是到七千米外的管理中心检修设备，那里是西麦农场的中枢所在。本来每隔几分钟西麦农场就会向外界输出一批产品，但一天前这个惯例突然中断了。也许我们心中所有的谜团都要在那里才能找到答案。行动之前，我们给其他四个小组发出了通知，但一直没有收到任何回音。当然，我们谁也不愿去深想这一点意味着什么。

蓝月一路上都显得心事重重的，她的嘴一直紧紧抿着，似乎还没从刚才那可怖的一幕中挣脱出来。她这副模样让我的心中不由得生出一些软软的东西，我走上前从她肩上取下补给袋放到自己的背包里。她看我一眼，似乎想推辞，但我坚持了自己的意思。蓝月看了看前面咋咋呼呼一路吆喝的戈尔，脸上的心事显得更重了。

"别太紧张了，"我用满不在乎的口气说，"刚才我给基地发了信号，援助人员就快到了。"

"援助？"蓝月突然用一种很奇怪的声音重复我的话道，"你真认为会有援助人员？"

我真诚地看着她，"当然会有。出发时西麦博士不是说过，遇到危险时我们可以发求援信号吗，你忘了？"

蓝月深深地看了我一眼，她没有搭腔，而是低下头去，似乎在思考什么问题。过了一会儿，她抬起头来，仿佛下了很大决心般地说："不会有什么援助部队的，那是根本不可能的事情。"

我大吃一惊，"你的话我不太明白。包括我们在内，这次只派出了五个小分队，大部分特警都在基地待命，怎么会派不出援兵？"

蓝月没有回答，她拿出张字条递给我，"这是临出发前父亲偷偷给我的，你看看吧。"

我接过字条，上面的字迹很潦草，看得出是匆匆而就：

西麦农场里很可能发生了超出人类想象的可怕事件，万望小心从事。如遇危险速逃，绝对不可抵抗。切记，切记。

"这是什么意思？"我问道，"科学家的话好难懂。"

"说实话我也不太明白。"蓝月若有所思地说，"也许是有什么难言之隐，再加上当时的时间实在太紧，他才会写下这么几句莫名其妙的话。不过有一点我可以肯定，基地是不会派遣援兵的。"

"为什么？"

"虽然我所知不多，但我能确定基地不可能收到我们的求救信号，无线电波无法在基地和西麦农场之间穿越。"蓝月很肯定地说。

我如坠迷雾，"可我们就在基地附近呀，要是没记错的话，我觉得基地和西麦农场中间好像只隔了一堵墙而已。"

"可你知道这堵墙之间隔着什么东西吗？这些奇怪的玉米树，还有那种在 10 分钟里吃掉三个人的……"蓝月语气一顿，看来她也不知该用什么词汇来描述那个东西，"你不觉得这一切太不正常了吗？"

"你是说……"

"是的，我要说的就是，这根本不是正常的地方，"蓝月的语气越来越怪，"或者说，这根本不是我们的那个世界。"

"可这会是哪儿？"我差点要大叫起来，蓝月的话语中暗示的东西让我感到一种莫名的恐惧，"我们到底在什么地方？"

戈尔突然在前面喊道："你们快跟上来，我们到达中心了！"

三

周遭安静得过分，中心的大门敞开着，安全系统显然早已失去了作用。我们径直由大门进入，里面也是死一般的寂静。我以前从来不曾见过如此宏大的建筑，感觉天花板的高度超过三十米，简直就像室内大平原。很多硕大无朋的机械四处堆放着，如同一块块蛰伏的岩石，一时间看不出它们的用途。

"大家小心！"蓝月突然喊道，她手里的激光枪立即发射了。差不多在同一时刻，我也发现了危险所在，在倒地的瞬间，手里的武器也开火了。一时间烟尘飞扬，一股焦臭的味道弥漫开来。

激战的时候时间过得很慢，等到我们重又站立起来时，才发现我们以为的敌人其实是一种足有两米高的造型像怪兽的机械。它长有六只脚和两只手，嘴的部位安有锯齿般的高压放电器。刚才我们击中了它的头部，一些散乱的集成电路板暴露了出来，显然，它是个机器人。

"快来看！"是戈尔在惊呼，我和蓝月奔上前去，然后我们立刻明白他为何惊呼了。在那个怪兽的脚爪和口齿间残留着许多破碎的动物骨骼，配合它那副狰狞可怖的模样，真让人胆战心惊。我倒吸一口气，转头看着蓝月。她一语不发地环顾四周，脸上写满疑虑。

"是它干的？"我喃喃地说。有关机器人失去控制进而酿成大祸的事情近年来时有发生，西麦农场的变故也许就是因为这个。

"准是这种东西干的。"戈尔恨恨地说，他似乎不解气，又用激光枪打掉了怪兽的一只爪子，"干吗要造出这种武器来？"

"我还是觉得不对劲。"蓝月说，"你们注意到没有，这个家伙的标牌上写着'采集者294型'，从名字看它不像是武器，倒像是一种农用机械。它会不会是用来捕捉牲畜的？而且你们看，别的那些巨大的机械像不像收割机——正好用来收割玉米树？"

我点头，"这样讲比较合理。可是这些东西好像都失灵了。"

"它们自身的元件都完好无损，失灵的原因肯定是中心的计算机中枢被破坏后，它们再也接收不到行动指令了。我们先搜索下周围，看看有没有别的线索。"蓝月沉着地指挥着。

我们三个人一字排开在杂乱无章的机械群中搜寻，如同穿行在丛林中。由于电力供应中断，大厅的绝大多数地方都是漆黑一团，我们的工作推进得很慢。除了偶尔传来的金属碰撞声外，这里静得就像一座坟场，我能很清楚地听见每个人的喘息声。虽然一路上的机器还是那些样子，但不知为何，我的心中却渐渐生出一种异样的感觉。有几次我都忍不住停下脚步想找出这种感觉的来处，但我什么也没能发现。

差不多过了15分钟，我们才到达管理中心的计算机机房，里面所有的设备都死气沉沉的。我打开背包，取出高能电池接到机房的电源板上，一阵乱糟糟的闪光之后机器启动了。

蓝月娴熟地操控着，她的眉头紧蹙。我的电脑水平比戈尔高一小截儿，但比蓝月低一大截儿，于是，我很自觉地和戈尔一起担任警卫工作。

"怎么会这样？"蓝月抬起头喃喃低语，"整个系统是因为能源供应受到破坏而中断运行的。系统最后一次工作的时间是……917402 年的 7 月 4 日。"

"等等，你是说哪一年？"我大吃一惊地问。

蓝月急促地看我一眼说："我弄错了，对不起。"

我狐疑地看着重又低头操作的蓝月，她刚才的这句话分明是在掩饰，她肯定对我隐瞒了什么。可 917402 年又是什么意思，这个时间难道会有什么意义吗？如果有意义又意味着什么呢？我越发觉得这次的任务不那么简单，而是透着股邪气。看来蓝月似乎知道某些秘密，她本该对我讲出来的，但她显然顾虑着什么。

戈尔在一旁焦急地来回走动，并不时催促着蓝月。他看来已经没有了当初的雄心。不过，我这时反而没有了一点看轻他的念头，我知道像他这样经过残酷战争洗礼的人都不是胆小鬼，他们并不害怕危险，但我们现在面对的却仿佛是某种超自然的东西，而这正是像戈尔这样的人最害怕的。

"你们能快点吗？"戈尔大声说道，"这里我是一分钟都不想待下去了。"

蓝月从沉思中惊醒过来，她对戈尔说："我正在拷贝系统瘫痪前的数据记录，以便带回基地做技术分析。现在我跟何夕要到机房背后的区域察看一下，等拷贝完成后，你带上磁盘与我们会合。"

机房背后和中心别的地方一样，也堆满了收割机之类的机械。不知怎的，先前那种奇怪的感觉又来了。我不由得放慢了脚步。

蓝月幽幽地看我一眼，"你也感觉到了？"

我一愣，"感觉？什么感觉？"

蓝月指着那种似乎叫什么"采集者"的机械说："你看它跟我们最初见到的那一台有什么不一样？"

我立刻就明白是什么东西让我一直感到不安了。眼前的这台"采集者"在外形上和最初的那台没有什么不同的地方，但在体积上却大得多了，足有六米多高。我这才回想一路走来见到的"采集者"的确是越来越高大，那种让我感到异样的感觉正是因为这一点。我走近这台庞然大物，它的标牌上写着"采集者4107型"，从型号序列上看，它是比294型更新型的产品。我有些不解地望着蓝月，她对此却是一副仿佛有所预料的样子。我想开口问她这是怎么回事，但她那副拒人于千里之外的神情让我打消了这个念头。

蓝月突然停下来，她像是被什么东西击中一般僵立不动了。

"怎么了？你……"我开口问道，但我立刻就知道是怎么回事了，因为我也看见了那个耸入云天的东西——"采集者27999型"。如果说世界上真有什么东西能称得上巨无霸的话，我看就是它了。相形之下，"采集者4107型"只能算是小不点儿了。尽管我一再提醒自己这个足有二十米高的大家伙其实根本动不了，但我仍然不由自主地战抖。按蓝月的分析，它应该是一种捕捉牲畜的机械，可那会是种什么样的牲畜啊！一时间，我的背上冷汗涔涔。

这时，我们听到了戈尔的呼喊声，他已经拷贝完了数据。蓝月拉了一下仍在发呆的我说："走吧，我们先返回基地再说。"

四

返程的路在我的感觉中比实际上要长得多，我想，在蓝月和戈尔的心中一定也有这样的体会。有几次我们都听到一些奇怪的响声从周围的农作物丛林中传来，以至于我们三人都曾开枪射击——当然，除了在玉米树的粗干上穿出几个洞来之外没有任何收获——开始，我们还保持着合适的速度，到后来，尽管我不愿承认，但我们已的确是在狂奔。就在我感觉自己快要崩溃的时候，我们终于远远地看到了密码门。

"别忙。"蓝月阻住就要进入出口的我和戈尔，"我们应该再和另外四个组联系一下，一旦我们出去就和他们再也联系不上了。大家是队友，说不定他们需要帮助。"

戈尔呼哧呼哧地喘着气，他看上去累坏了，"那可不成，这个鬼地方我一秒钟也不想待了。我只想早点出去。"

蓝月咬住下唇，用漆黑的眸子看着我。我有些慌张地低下了头。说实话，戈尔的话正是我的意思，也许我比他还急着出去。

戈尔大声对蓝月说："这是关系我们三个人的事情。现在我们两个打平，就看何夕的那一票。"

我沉默了几秒钟，感觉快要虚脱了。但我终于还是说："就等一会儿吧。"

蓝月感激地看了我一眼，没有说什么。她发出了联络信号，并把重复发送时间间隔定为 40 秒，"我们等 30 分钟，看看有没有回应。"

我在蓝月的旁边坐下，默默地看着她。过了一会儿，她不自在地回过头来问道："你干吗这样看我？"

"为什么不把你知道的事情告诉我们？这不公平。"我尽量使自己语气平静。

蓝月的脸上微微一红，"你在说什么？我不明白。"

她的态度激怒了我，我有些失控地大声吼道："你一开始就瞒了我们很多事。你完全知道这是个什么地方，你也知道这里发生了什么事，你为什么不对我们讲明呢？难道我们出生入死却无权知道一点点真相吗？"

戈尔走过来，他无疑站在我这一边。我们两个人直勾勾地瞪着蓝月。

蓝月怔怔地盯着远方，似乎对我的话充耳不闻。良久之后，她才轻轻地叹出一口气说："我并不是存心欺骗你们，从西麦农场开始运转以来从没有人进来过。我也是到了这里之后才终于明白了许多事情的；而在此之前，我并不像你们认为的那样知道所有事情的前因后果。既然你们那么想知道真相，那我就把我知道的全说出来吧。反正一旦回到基地，你们马上就会想清楚是怎么回事的。这件事情的源头要从32年前说起。当时，我父亲取得了他毕生最大的研究成果。就在那一年，他发现了'时间尺度守恒原理'。这个名字听起来复杂，其实意思很简单。根据这个原理，只要不违背守恒性原则，人们可以改变某个指定区间内的时间快慢程度。举例来说，人们可以使包含一定数量物质的某个区间的时间进度变为原先的两倍，与此同时，减慢包含同样数量物质的另一个区间的时间进度为原先的二分之一。"

我倒吸一口凉气，"你是说西麦农场正是一块被改变了的时区？"

"准确地说是一块被加快了的时区。"蓝月纠正道，"我们从进入西麦农场算起已经过了5个小时，可等到返回基地时，我们会发现时间停留在了5个小时之前。送别的人群还在那里，在他们看来，我们只是刚走进传送门就立刻出来了，这5个小时只是对我们才有意义。就算我们在西麦农场过上几十年甚至老死在这里，对他们来说也不过才过去了10多个小时。还记得在机房里我念到的那个'917402年'的时间吗？对人类来说，西麦农场是在二十几年前修建的，但在西麦农场里却已经春种秋收过去了90多万年，也就是说，西麦农场的时间进度是正常世界的四万多倍。西麦农场里的一年差不多只相当于正常时区里的10分钟，所以，在我们的世界里会感到西麦农场总是按这个时间周期循环输出产品。你们无法体会当我见到这个时间时的那种惊心动魄的感觉。正是西麦农场90多万年的生产，才供给了地球人这20年来富足的生活。"蓝月说着话转头看着戈尔，"你好像说过，你有九个孩子。"

戈尔一愣，"是啊，我带有他们的照片，你想不想看？"

"等等，"我打断了戈尔的话，"有一点我不太明白，既然是你父亲发现了这个原理，那为什么却是由西麦博士创建的农场？"

"这件事正是我父亲心中的一个结。当年他刚一发现这个原理，便立刻意识到了它在解决食物能源等问题上的应用前景，但几乎就在同时，他意识到了另外一个问题，一个称得上可怕的问题。想想看，我们人类其实也是从低等生物逐步进化而来的，如果我们把那些暂时比人类低等的生物放进一个比我们快了许多倍的时区……"蓝月不再往下说，或许她也知道根本不用再说了，因为我们已经见到了后果。

"所以，我父亲忍痛放弃了他毕生为之奋斗的成果，对整个世界秘而不宣。但他没想到的是，他最得意的学生和助手却背叛了他。"

"你是说西麦博士？"

"就是西麦。"蓝月苦笑道，"他创建了与外界隔绝的西麦农场，用高度聚集的太阳光束作为农场的能源。老实说，西麦也是少有的天才。从'时间尺度守恒原理'到西麦农场之间其实还有不短的距离，就好比从爱因斯坦的质能方程到核聚变发电站之间还有莫大的距离一样。等到我父亲发现时，一切都来不及了，西麦已经成为人类的英雄。我父亲唯一能做的事就是，尽可能地避免他所担心的事情发生。可是这一切还是发生了。"

"为什么没有早一点发现问题？"我有些多余地问道。

"刚开始时，西麦农场的时间只是比正常时间快两倍左右，但是人们很快就不满足了，他们不断提出要过更高水平生活的要求，于是，西麦加快了农场的时间。但人类的欲求越来越高，以至于后来成了以需定产，人们只管对西麦农场下达产出计划，由农场的计算机自行安排时间速度，最终使得一切失去了控制。没有谁愿意到西麦农场里去工作，因为这实际上意味着和亲人的永别，所以，人们将一切都交给计算机来管理。你们也看到那些机械了，它们都是农场的计算机根据需要自行设计的，单凭机械的升级换代速度，你们就能想象农场里的生物进化得有多快了。如果有一种办法能站在正常的时区观察西麦农场，你将会看到怎样一幅图景呢？"

蓝月没有再往下说，她的目光有些迷离了。其实用不着她来描述，因为我想象得出那是怎样一幕可怕的情景：白天黑夜飞快更替，以至于天空像是灰色的；人造太阳在空中飞快地画出一道道连续不断的亮线；风雨雷电、云来雾去等自然景象走马灯似的频繁出现，永无终结；植物像是慢录快放的电影般疯长又枯黄，看起来就像是动物一样，而那些真正的动物则如同跳蚤一样地来来去去，所有的生物都在以比人类快成千上万倍的速度生长、繁殖、遗传、变异；死亡以不可想象的速度追逐着生命，同时又被新的生命追逐，造物主在这片加速了的实验室里孜孜不倦地验证着生命最大限度的可能性……

良久都没有人说话，我只感到阵阵头晕。蓝月描绘的图景让我不寒而栗，戈尔的情况也不比我好多少，他无力地瘫坐在地，身体仿佛虚脱了一样。

蓝月看了下时间说："30分钟已经到了，我们回基地吧。不过，我们今天的谈话内容一定要保密。"

就在蓝月低头去取通信仪的时候，戈尔突然跳了起来，他的目光钉在了我身后。与此同时，我也看到自己脚下出现了一片巨大的阴影。我马上就明白发生什么事了。几乎是在本能的驱使下，我立刻把蓝月扑倒在地并一同向旁边滚去，手中也已多出了一把激光枪。但戈尔先开火了，我听到了一声令人肝胆俱裂的号叫，就像是千万头野兽一起发出的声音。等我回过头去时，却只看到一片犹自摇摆不定并被践踏得狼藉不堪的玉米林，而我和蓝月刚才所在的地方留下了几道深达一尺的爪痕。

戈尔的眼睛瞪得很大，仿佛要从眼眶里掉落出来，他的腰部以下都不见了，地上血迹斑斑。我默默地走过去把耳朵贴近他仍在嚅动的嘴唇，想听清他在说些什么。许久之后，我抬起头用手合上了戈尔那双不肯闭上的眼睛。

"他说什么？"蓝月脸色苍白地问我，"他看到了什么？"

"他一直在重复着两个字，"我低声说，"妖兽。"

五

我有两天没有见到蓝月了，作为此次行动仅有的两名生还者，我们一回到基地就被分开了，然后便是无休止的情况汇报。我的脑袋被接上了各式各样的仪器设备以帮助我回忆那段经历，由此整理出的一切材料直接报送西麦博士本人审阅。我当然不会违背我和蓝月的约定，谁也不能从我嘴里套出我们之间的那段谈话。这两天，蓝月的样子总在我眼前晃来晃去，她的眉宇和长发，她的声音，还有她若有所思的神情。尽管我不愿承认，但我内心有一个快乐的细小声音在执着地追问，你是不是喜欢上她了？有时候，这句话甚至通过我的嘴突然冒出来，吓了自己一跳。

今天看起来比较清静，都过 10 点了还没有什么人来烦我。我当然不会让时间白白流逝，和往常一样，我无论如何都要干些有意义的事情，也就是说接着想蓝月。想她现在在干吗，吃了没有，吃的什么，还想象她如果穿上普通女孩的衣服会是什么样。如果没人打搅的话，我可以这么神道地想上一整天，我到现在才发现男人婆婆妈妈起来也是蛮了得的。不过今天我刚神游了几分钟就被拉回了现实，蓝月一身工装地出现在了我的面前。我得出的唯一结论就是，她不是按正规渠道进来的，因为随后我便看到负责看管我的几个人全都很无奈地躺在外面房间的地板上。

"等等，"我用力挣脱拉着我一路狂奔的蓝月，"我不能就这样不明不白地跟着你逃走。"

蓝月停下脚步，她的脸因为奔跑而泛起了红晕，"你太天真了。西麦是因为西麦农场而成为人类英雄的，难道他会让你揭露其中的隐情？你还不知道，为了巩固自己的地位，西麦正在筹划再建一个农场。"

"那原先那个农场怎么办？尽管有密码门暂时把农场和我们的世界隔开，但如果那种……东西……再进化下去，密码门迟早会被破坏的。现在西麦博士去创建的新农场，几十年后岂不又和今天的西麦农场一样？"

蓝月满含深意地笑了笑，"如果西麦还是一位科学家的话，他肯定也会这么想，可他现在已经是一位政治家了。西麦农场是他全部的资本，他如果放弃，马上就会一文不名。"

"那他至少应该先把西麦农场的时间恢复正常，否则这样下去的结果太可怕了。"

"如果能够做到这一点，我父亲当年就不用保守秘密了。"蓝月冷冷地说，"我们还是快走吧，车就在前面。我父亲在一个安全的地方等我们。"

蓝江水教授比我上回见到时仿佛又瘦了些，一见面他就握住了我的手，"听蓝月说，你救过她一命，真谢谢你。"

蓝月飞快地看了我一眼，脸上微微一红，"谁说的？当时我自己已经发现危险了，他只是看起来像是救我一命而已。"

蓝江水正色道："受人之恩不可忘，还不过来谢谢人家。"

我自然连声推辞，同时把话题转到我向蓝月提的那个问题上去。

蓝江水一怔，他没有立即回答我，而是点起了一支烟，我注意到他的手有些发抖，"我年轻的时候和现在相比，对许多问题的看法都很不一样，简单点说，我那时在对待科学的态度上是非常乐观的，我相信科学最终能解决人类面临的所有问题。同时我还认为，就算科学的发展带来了一些负面影响，也只不过是暂时的，而且随着科学的进一步发展，这些负面问题都会由科学自身来圆满解决。可是在几十年后的今天，我却再也无法这么乐观了。"

"为什么？"

"到现在我仍然认为，所谓科学研究，其实就是不断揭示自然的谜底。我常常在想，造物主为何要把它的谜底深深地埋藏起来？核聚变为何必须要在几百万摄氏度的高温下才能发生？微观粒子为何必须要在几千万亿电子伏特的能量撞击下才向人类展现其内部结构？反物质又为何要在极其苛刻的条件下才能产生？不过我现在已经想清楚了，或者说我认为自己已经想清楚了这个问题。你可以设想一下，如果上述这些反应能在很常规的条件下发生，那么在石器时代或是青铜时代的人类，甚至远古的一只玩火的猿猴都可能已经把这个世界毁灭了。即便是现在，又有谁敢保证人类有绝对的把握可以万无一失地操控一切呢？"

我有点明白他的意思了，但还是问道："那个'时间尺度守恒原理'也是这样的谜底之一？"

"好久没听到这个名词了，是蓝月对你讲的吧？世界上知道这一原理的人不超过十个，而真正掌握其核心内容的就只有我和西麦。西麦农场里发生的事情是无法逆转的，它的时间可以继续被加快，但却再也无法被减慢，而与之对应的那块时区的情形则正好相反。"蓝江水的脸不自觉地抽搐了一下，他猛吸一口烟，在氤氤的烟雾中，他的脸变得模糊不清，"对一个从事科学研究的人来说，如果一生都没有成果是一件很痛苦的事，但最痛苦的事情却不止于此。就好像一个农艺师辛苦一生才培养出新的作物品种，然而却发现它的果实虽然清新可口，但却包含剧毒，我当时就是那种心情。后来的事你都知道了。直到今天，我有时仍然忍不住问自己在这个问题上到底后不后悔，让我感到欣慰的是，在多数情况下我都发自内心地回答：不。"

"那我们现在应该怎么办？"

蓝江水灭掉烟头说："我要去和西麦谈一谈。"

蓝月叫起来："不行，西麦是不会回心转意的，他已经不是科学家了，他是搞政治的人！"

蓝江水笑了笑，脸上的皱纹使他看上去比实际年龄要老得多，"要是我说在这个世界上我其实是最理解西麦的人，你们一定不会相信。"

"我当然不相信。"我大声说道，"你和他一点也不一样。"

"可事实上我的确理解他。"蓝江水幽幽地说，"因为我知道自己只是差一点点就成了西麦。放心吧，我不会有事的。这件事已经拖了20多年，是必须解决的时候了。"

"那我们该做些什么？"我追问道。

"你们唯一能做也必须去做的一件事就是——回西麦农场。"蓝江水无比肯定地说。

六

我做梦也想不到在两天后，自己居然有胆回到西麦农场。说实话，我不能算是有英雄气概的人，但正如蓝江水教授所言，除此之外我们别无选择。

来之前，蓝江水对我和蓝月说："西麦农场里的某种生物显然已经进化到了惊人的地步，根据上次从'采集者'上提取的部分组织标本做的分析来看，这种生物的智慧水平已和人类不相上下，更不用说它还有着那样强大的自然力量。如果现在不把问题解决掉的话，那么过不了多久，恐怕人类的末日就会来临。"

现在我们又置身于西麦农场了。正常时区里的两天在西麦农场差不多相当于两百年。看着四周那片我们曾在两百年前出没过的丛林地带，我的胸间涌起一种无法言说的感觉。沧海桑田这个词在这里找到了最好的注解。由于缺乏管理，当年的农作物大部分都已消失，把土地让位给了生命力更为强大的高达数米的野草，物竞天择的原理在这片土地上充分显示了自己的力量。

　　我们这次重回西麦农场的目的很简单。蓝月对上次拷贝的系统进行了分析，证实了西麦农场计算机系统的能源供给部件曾经遭到了某种生物的恶意破坏，很可能就是那种妖兽。仅凭这一点，就足以证明它们已经具有了多么发达的智慧。我们这次计划修复系统，以便利用西麦农场里的这些超级机械来对付那些我们至今都不知道长成什么样的可怕东西。由于经历过惨痛的教训，这次我和蓝月的装备及防护措施要严密很多。但即便如此，我的心里仍是忐忑不安，不知道蓝月的感觉会不会比我好点。

　　到中心的这段路上虽然有过几场虚惊，但总算没出什么事，我们见到不少已经变得有点不一样了的牛羊之类的牲畜，经过两百多年的放任生长之后，它们显然应该算是野兽了。这些家伙不时急匆匆地在我们附近掠过，一副警惕性很高的样子。在任何一个生态系统里，位于食物链顶端的只会有一种生物，看来它们也不过是妖兽的美食而已。

　　现在蓝月已经坐在中心电脑前开始修复系统。一切都还比较顺利，太阳能电站首先开始工作，中心的照明紧接着也恢复了。从外面不断传来机器启动的声音，大屏幕红外遥感监视器上显出了西麦农场的全图，上面一个个移动的黄色亮点表示机器都动起来了。蓝月得意地冲我一笑，竟然美得让人眩晕。

这时突然传来一阵号叫——正是那种让我一想起来就发抖的声音，蓝月的脸色也陡然一变。从声音判断，妖兽离我们不会超过一百米。

"快，下达采集命令！"我大声喊道。

"我正在寻找命令菜单项。正在找……"蓝月急速地操作着。

大地开始剧烈地震动，让人几乎站立不稳。在这样的情况下，电脑很容易损坏，如果在此之前不把采集命令发出去的话就来不及了。我大声催促着蓝月，由于过度紧张，我的声音已有些变调。

"我正在找。"蓝月艰难地回应，她的语气像是在哭，"……找到了，我……"

一阵巨大的震动袭来，我和蓝月双双被掀翻在地。与此同时，机房的顶盖被揭掉了，然后我们就看见了那种足有十五米高的东西，我想那就是妖兽了。我看不出它是由哪种生物进化而来的，只看出它拥有四肢，后肢用于行走；后足有六米多长，肌肉发达粗壮，前肢显得很灵活，五指上长着黑色的利爪。它的脖子长度超过一米，上面支撑着一颗硕大无朋的头颅，龇开的嘴缝里露出尖利的牙齿，看得出来这是它强大的武器。黏糊糊的涎水从它口中滴落下来，散发出腐臭难闻的气味。这时候我看到了它的眼睛：在我看到它巨大的头颅时，我仍不敢相信它是一种高级智慧生物，但当我看到它的眼睛时我相信了这一点。我和它对视着，我看到了它眼睛里有着藐视的意味，是那种洞悉对手全部心思的居高临下的眼光，这是智慧生物才有的眼光。巨大的震撼之下，我无法准确描述自己此时的感受。我想我第一个也是唯一的感觉就是它太强大了，在它面前我们简直弱小得可笑，就像是两只蚂蚁。我甚至没有一丝拔枪的念头，因为我知道那根本不会有什么用处。

蓝月突然转身抱住了我，将她的脸与我的紧贴在一起，我感到她的脸上满是泪水。她的这个表明心迹的举动让我感动不已，巨大的幸福充斥了我的胸膛。一时间，我几乎忘记了死神就在眼前，或者说我的眼中已经看不到死神了。不过，我仍旧抑制不住地流出了眼泪，并不是因为我就要死去，而是因为我的族类将要面临的灾难。我从来都不认为自己是一个高尚的人，但我相信任何一个人处于我现在的境地都会流出这样的泪水。相形于整个物种，个体的命运其实是微不足道的。这时候，妖兽缓缓举起了右前肢，然后以无法用语言形容的速度向我们劈了下来，风声凄厉。

但奇迹出现了，一台"采集者27999型"冲了过来，看来蓝月在最后的时刻点中了命令。它显然不是妖兽的对手，只两三个回合就变成了一堆废铁。不过，这点时间足以让我和蓝月脱离险境了。我们一路飞奔，四周传来阵阵令人毛骨悚然的号叫。

西麦农场变成了战场和屠场，这是无生命的"采集者"和有生命的妖兽之间的战争。机器的爆炸声和妖兽的号叫声交织在一起，火光与血光纠缠在一起。妖兽张开巨口撕扯着"采集者"的合金身躯，如同撕扯着一张薄纸。除了"采集者27999型"外，它显然没有任何对手。

"采集者27999型"的轰鸣声震耳欲聋，而当它的锯齿间突然出现一道蓝白色的弧光时，天空中就会响起让大地也战栗不已的霹雳，与此同时传来的血肉烧焦的气味令人恨不得把胆汁也吐个干净。相形之下，采集者比妖兽要残酷得多，因为它是一种收获并加工肉类食品的联合机器。每当一头妖兽被击倒后，采集者就会启动整套加工程序，将妖兽的尸体开膛破肚、剔骨剜肉，那种血肉横飞的场面让人一见便如同置身阿鼻地狱。

我和蓝月一路奔跑着朝密码门的方向逃去，随身带的与中心无线联网的便携式电脑不断显示着这场战争的进程。代表采集者的黄色亮点和代表妖兽的红色亮点都在急速地减少。我焦急地关注着力量的对比变化。有几次，采集者明显占据了优势，但很快又被压倒。我在心里为采集者加油。我不敢想象如果采集者输掉了这场战争会是什么样的结果，我也不敢想象那些嗜血的妖兽会怎样对待我们的世界。红色的亮点逐渐占据了优势，黄色的亮点一个个地熄灭，我的心向着深渊沉落。最后，有六个红色的亮点留了下来，那是六头妖兽。

我下意识地回头看着蓝月，她的眸子一片死灰。我有些歇斯底里地说："它们都是雄性，要不就都是雌性。一定是这样的，一定是的。上帝会保佑人类的。"我无法自制地重复着这几句话，就像在念一种维系着唯一希望的咒语。

蓝月苦笑，"妖兽也有它们自己的上帝。六头妖兽全为同一性别的概率实在太小，但愿我们能活着逃出去报信，除了原子武器，恐怕没有什么能消灭它们了。"

我绝望地摇头，"人类准备好核进攻要相当长一段时间，要知道，正常世界的一天在西麦农场就是一百年，到时候妖兽的数量还不知道会有多么庞大。而且在西麦农场这么广大的地方使用核武器，就算能消灭妖兽，接下来持续数年的核冬天也会让人类付出无比惨重的代价。"

蓝月沉默半晌，"那我还是和你一起祈求上帝吧，这是我们唯一能做的事。"她做了个祈祷的姿势。这时她好像突然想起什么，指着屏幕说："这六个红点一直待在原地不动，会不会是受了伤？"

我观察了一下，然后抽出激光枪说："走吧，不管怎样先去看看再说。"

当我们穿过荒园来到南部的一片开阔地带时，眼前的景象不禁让我们大吃一惊。很明显，我们已经置身于某个初具雏形的城市中。整齐的洞穴，完备的供水系统，储备了大量食物的仓库，以及用于聚会的广场。看来，妖兽们已经具备了自己的社会系统，它们和人类社会已经没有质的差别而只有量的差距了。

在城市角落的一个洞穴里，我们发现了要找的东西。直到现在我才明白，为什么在红外显影图像里它们会待在原地不动，因为它们是六头幼兽。一头身躯庞大的妖兽倒毙在不远处，嘴里犹自撕扯着一台"采集者27999"的躯壳，看得出它是为了保护这几头幼兽而流尽了最后一滴血。六头幼兽显然不明白发生了什么事情，它们也许只是感到很久没有得到父母的哺喂了，一个个都焦急地在洞穴里嘶叫着。看到我和蓝月，它们并不害怕，相反还很卖力地围拢来，把头往我们身上蹭，讨好而焦急地发出索取食物的声音。

"四雌两雄。"蓝月简单地说道，然后她回过头来看着我，一语不发。

　　我知道蓝月的意思，实际上，我也正陷于一种不得不做出决断的矛盾中。说实话，我现在很难把眼前这六只嗷嗷待哺的幼崽与那些嗜血的妖兽联系起来，尤其当它们把毛茸茸的头蹭上我的脚踝时。这种感觉很奇特，即使是狮虎等猛兽的幼崽也是惹人爱怜的。但我的内心有一个清晰的声音在大声说，它们是妖兽！它们是人类的死敌！它们必须死！尽管它们的产生完全是由人类一手造成的。

　　"让我来吧，如果你不想看的话就去看看风景。"我轻声对蓝月说，然后我抽出枪依次对准每头幼兽的额头扣下了扳机。它们到死都以为我是同它们逗着玩儿。

　　枪声悦耳。

　　一切终于都结束了。现在我站在山坡上有些后怕地环视着四周，仍不敢相信我们居然完成了这个几乎不可能完成的任务。空气中的血腥味正在消散，黄昏的原野上拂过阵阵清风，人造太阳正朝着地平线上连绵的草浪间滑落，那些无害的小兽出没其间。我仿佛第一次意识到西麦农场也具有同普通农场一样的田园风光。想到我和蓝月即将离开这里永不再来，我心中居然有些不舍。我转头望着蓝月，她也同我一样眺望着四周，目光中若有所思。

　　"你在想什么？"我低声问道，"是你父亲的事？"

蓝月没有回答我，她转过身去，"走吧，回我们的世界去，感谢上帝，我们再也不用来这个地方了。"

　　不久以后，我便发现蓝月和我都错了，西麦农场其实是一个幽灵，从一开始它就用无比强大的力量给我们织了一张密密的网，我们生生世世都注定无法逃脱了。

七

　　我们在西麦农场的这十多个小时的历险只不过是正常世界里的一秒钟，这样的反差总让人感觉是在做梦。当然，如果梦中总是有蓝月的话，我倒是无所谓要不要醒来。想到这一点，我不禁朝蓝月咧嘴一笑，却发现她的眼光里也闪现着同样的意思——这就是所谓的心有灵犀吧，我喜欢这样的感觉。

　　"我们去哪儿？"我问蓝月，这段时间以来我已经习惯了由她拿主意。

　　"去找西麦。"蓝月似乎早有安排，她的语气中有隐隐的担心，"不知道我父亲和他谈得怎么样了。"

　　西麦在基地里的住所守备森严，即使我和蓝月这样优秀的特警也费了不小的劲儿才潜进去。幸好只要过了门口的几关，里边就没有什么障碍了——谁愿意像在牢笼里一样地生活呢？

"快过来。"是蓝月的声音。我飞奔过去，在会客室的角落里，我看到了倒在血泊中的蓝江水和西麦。蓝江水的手中拿着一支老式的枪，显然他是在射杀了西麦之后自杀的。

在蓝月连声的呼唤中，蓝江水的眼睛缓缓睁开，他嗫嚅着问道："他死了吗？"

我过去察看了一下西麦的情况，他的瞳孔已经散大，使得平日里充满睿智的眼睛看上去有些吓人。然后，我退回来对蓝江水说："他死了。"

一丝很复杂的表情在蓝江水脸上浮现出来，他足足沉默了有一分多钟。但他最后还是露出高兴的神色说道："这就好，这个世界上掌握'时间尺度守恒原理'的两个人终于都要死了。我本来只是想劝他放弃重建西麦农场的念头，可是他不同意，我没有办法只好这样做。我了解西麦，他并不是一个坏人，在这件事情上，他并没有多少错。要说有错，也只是因为他顺从了人类的需求。实际上，在我所有的学生里，他是让我最得意的一个。西麦只小我5岁，更多的时候我都只当他是我的助手而不是学生。"蓝江水说着话，伸出手去拽住西麦已经冰凉的手，有些痛惜地摩挲着，"现在我俩一同死去倒也是不错的归宿，也许在九泉之下我们还能续上师生的缘分，还能……在一起做实验……"

蓝月痛哭出声，"你不会死的，我们想办法救你！"

蓝江水的目光渐渐涣散，"我自少年时便许身科学以求造福人类，没想到我这辈子对人类最后的馈赠竟是亲手毁掉自己的成果。其实我到现在也不知道自己做对了没有，我只能说，我也许避免了更大的浩劫发生。没有了西麦农场，地球上三百亿人中的大多数都会在几个月里以最悲惨的方式死去，面对他们，我的灵魂看来是永远都得不到安宁了……"

蓝江水的声音越来越低，终至渺不可闻，两滴浑浊的泪水自他苍老的眼角缓缓滑下，最后融入了脚下这片他深爱的曾经掩埋过无数像他一样的寂寂无名者的土地。

死者已矣。

只几天的时间，我便意识到蓝江水临死前所预见的是一幕多么可怕的场景。储备的食物很快告急，这颗星球上自从人类诞生以来最可怕的饥荒开始了。300亿张嘴大张着，就像是无数个黑洞。政府下令大规模地退耕还田，但这对大多数人来说肯定是来不及了。养尊处优的人们在灾难到来时尤其脆弱，大规模的死亡场景就要出现了。过不了多久，这颗星球的每个角落都将堆满人类的尸体，那是一种何等恐怖的场面啊！不过，我毫不怀疑我和蓝月能挺过这场灾难，因为我们是训练有素的特警，生存能力远胜于常人。随着人口的减少，粮食的压力将得到逐渐缓解。只要熬过最困难的时期，一切就会好转的。世界一片混乱，我和蓝月在这颗饥饿的星球上四处流浪。

"我快要疯了。"蓝月痛苦地伏在我的肩头，由于营养不良和精神上所承受的巨大压力，她瘦了许多，"这一切真是我父亲造成的吗？"

我安慰地拍着她的背，"这不是他的错。这是人类向自然界无节制的索取所该付出的代价。这样的索取自古以来就没有停止过，而到了创建西麦农场这一步，更是在向自然界的未来索取，人们索取的是大自然根本就给不起的东西。如果没有西麦农场，世界上根本就不会有这么多人。现在死于饥荒和将来死于妖兽是两枚滋味相同的苦果，人类必须咽下其中的一枚。"

说到这儿，我突然愣住了，我朝远方大张着嘴但却说不出话。蓝月用了很大劲儿才让我回过神来，她快被吓哭了。

"你怎么啦？"蓝月有些害怕地抚着我的脸。

我艰难地笑了笑，"我想起一件事。看来才过了十来天，我们又要旧地重游了。"

八

1000 年过去了，西麦农场里一片蛮荒景象。采集者的身躯依然伟岸地耸立天宇，妖兽的残骸都已荡然无存，而当年埋骨于此的队友们却依稀音容宛在。想到差不多 1200 年前我和蓝月在这片诡异的土地上由相识到相知，以及那场决定人类命运的惨烈异常的战役，我不禁有种恍如隔世的感觉。我甚至怀疑那些都只是一场梦中的场景，但此刻掌中所握的蓝月的纤纤小手又肯定地告诉我，这一切都是真实发生过的事。

是的，我们又回来了，而且这一次我们将不再离去。我和蓝月正在写一封信，再过一会儿，等我们将这封信通过密码门发出去之后，我们将永久性地毁掉这个唯一的出口。在这封信里，我们把关于西麦农场的所有事情都向世人做了说明，而蓝江水和西麦这两位天才之间的是非恩怨，恐怕也只能任由世人去评说了。

　　我们并不清楚会有多少人能看到这封信，更不知道会有多少人能理解我们的行为。今天我们回到西麦农场其实是迫不得已的事情，妖兽虽然不存在了，但这只是暂时的。在一个比人类世界的时间快了 4 万多倍的时区里，任何事情都可能发生。按照严肃的进化观点，现在在西麦农场里的这些无害的动物甚至植物中，最终肯定会产生比人类高级得多的生物，人类将永远不会是它们的对手。不要试图让我们相信不同智慧生物之间能和睦相处的神话，就算可能也不过是其中高一级生物的施舍罢了，就好比我们人类也为别的生物建造国家公园一样。而最大的可能性却是西麦农场里的这些生物会在将来的某个时候冲出西麦农场，给人类带来真正的灭顶之灾。如果这一切成为现实，先父蓝江水先生的灵魂将永堕地狱的底层。

所以，我们决定回到西麦农场，最起码我们现在还是西麦农场里最高级的生物。我们将活在这个时区里，与这里所有的生物按同样的节拍进化。如果不出现大的意外，我们和我们的子孙将继续——或者说一直——保持进化上的优势（但愿我们的这种乐观估计是正确的）。凭借这种优势，我们就能为人类守护西麦农场这块脱缰的土地。我们多灾多难的家园是那样的美丽，让人留恋万分，想到就要与之永别，我们不禁潸然泪下。

现在我们最想问的一句话就是：这一切到底为何要发

生？难道人类对自然的索求真的是永无止境？

也许过不了多久（相对于你们的时间观来说），我们这一族将进化成某种和人类大相径庭的生物，甚至当有朝一日相逢时，你们根本就认不出我们曾经是人，谁知道造物主会怎样安排呢？但无论如何请相信，我们的心是永远和人类一起跳动的。而且我们要把这颗心一代代传给后人，要让他们和我们一样永远记住自己的根。

田园 / 何夕

伤心木

归来

　　从机窗俯瞰太平洋广阔无垠的海面是一件相当枯燥的事情。陈橙斜靠在座椅上，目光有些飘忽地看着窗外，阳光照射进来，不时刺得她眯一下眼。陈橙看看表，还有三个小时才能到目的地，这使得她不禁再次感到无聊。林欣半仰在放低了的座位上轻声打着呼噜，不知道在做什么好梦，居然脸上还带着笑。

　　新四经济开始兴盛的时候，陈橙的志向是成为一名"脑域"系统专家。她刚开始攻读脑域学博士那会儿正是新三经济退潮的时期，曾经时髦了几年的新三经济代表——JT业颓相初露。JT相关专业的学长们出于饭碗考虑，正在有计划地加紧选修"脑域"专业的课程，陈橙不时会接到求助电话，去替那些人捉刀写论文。用"新"这个词来表述一个时代的习惯大约始于20世纪后半叶。当时有不少"新浪潮""新时期""新经济"之类颇令时人自豪的提法，但很快，这种称谓便显出了其浅薄与可笑的一面，因为它不久便开始繁殖出诸如"新新人类"以及"新新经济"之类的既拗口又意义含糊的后代。所以，眼下出现"新四经济"实在是逼不得已，除非你愿意一连说上好几个"新"字。

"脑域"技术正是新四经济时期的代表，甚至可以说整个新四经济的兴起都与之相关。一位名叫苏枫的专家发明了这项将人脑联网的技术，将人类的智慧提高到了一个前所未有的水平，同时也有力地回敬了那些关于机器的智慧将超越人类的担忧。"脑域"技术的兴盛掀起了一个高潮，将全球经济从 JT 业浪潮后的一度衰颓中拯救出来，带入又一轮可以预期的强劲发展之中。而现在，作为首批拥有"脑域"专业博士学位的青年专家之一，陈橙有足够的理由踌躇满志。

陈橙的思绪已经超越了飞机的速度，也就是说，在思想上她已经提前到达了目的地。陈橙想象得到自己将受到何等热烈的欢迎，正如她近两年来所到的每一个地方一样。

我终于还是选择了回来——陈橙心想——离开中国已经差不多十年了。十年。陈橙在心里感叹了一声。时间只有在回想的时候才发觉它过得真快。她在心里想象着朋友们的变化。十年的时间是会改变很多事情的。不过，陈橙立刻意识到这是个错觉，因为在这个时代，地域的障碍根本就是不存在的。她几乎每天都会在互联网（这是古老的新经济时代的产物）上同国内的某个朋友面对面地聊上几句，更不用说通过电子邮件联系了，所差的只是不能拉上手而已——当然，这不包括那个人。

陈橙悚然一惊，思绪像被利刀斩断般戛然而止。为何会想到那个人？这不应该。对陈橙来说，那是个已经不存在的人。是的，不存在。陈橙扭了扭有些发酸的脖子，从提包里找出份资料来看。

不过有点儿不对劲，资料上的每个字明明都落在了陈橙的眼里，但她看了半天却不知道上面写了些什么。她停下来，轻轻地叹了口气，丢开手中的资料，因为她已经知道这是没有用的。

新知

欢迎仪式比陈橙想象的奢华许多。这片土地还远远算不上富强，对于拥有"脑域"这样尖端的技术成果有着可以理解的强烈愿望。陈橙和林欣婉拒了众多待遇优厚的研究机构的聘请毅然回国，单凭这一点，他们也应该受到热情的回报。林欣是陈橙的同行，今年三十八岁，也是"脑域"技术专家，他们是在欧洲的一家研究所共事时结识的。林欣一直是一个行事相当洒脱的人，用他自己的话来说——有点儿像是"技术浪人"，也就是说，他常常会更换工作内容及工作地点。从以光子商务为代表的新二经济时代到以"脑域"技术为代表的新四经济时代，凭着天生聪颖的头脑，他总能顺时代潮流而动。这些年来，他的足迹遍布世界各地。不过，那都是与陈橙相识之前的事了，现在的林欣只是一个地地道道的跟屁虫。比如，这次回国对于他来说根本就是没考虑过的事情，但是陈橙决定回来，他也就跟来了。就林欣的体会而言，现在只有在搞研究时他还能用用自己的脑子，除此之外，他几乎完全成了陈橙手里的小棋子。

这事听起来稀罕，其实一点儿不奇怪——谁让他那么喜欢这个女人呢？本来林欣也是相当吸引人的，这些年也不知害多少女人伤过心。但是现在这一切都遭到报应了，因为他遇见了陈橙。上天让他爱死了这个女人，却又让这个女人对他没一点儿回应。其实如果按照传统眼光来看，他们的关系已经够亲密了，他们甚至上过床，用彼此的体温来对抗夜晚的寒冷与寂寞。但在这个欲望与爱情早已彻底分离的时代，这根本不能代表什么。林欣十分清楚，他们之间的关系只是艰苦研究工作之余的调剂，当下一个工作日来到的时候，就会像什么事情都没有发生过一样。当然，这只是陈橙一方的情形，而林欣则陷入了无法摆脱的情感煎熬。他曾经试图向陈橙表白，但她每次都以精妙的语言艺术让他的算盘落空。林欣觉得，自从认识陈橙后，自己所受的苦比从生下来起受的苦加起来还多。更要命的是，以前吃的那些苦——比如生病或受伤之类——还可以找人倾诉，现在这种事情却是有苦没处说，而且就目前来看，苦尽甘来的那一天简直就是遥遥无期。林欣算是领会到当年佛陀在大彻大悟之后，为何会将"求不得"列为人生八大痛苦之一了。不过，这些都是只有林欣自己才清楚的内情，而他表面上回国讲学的第一个理由当然是技术报国，另外一个理由则是中国正好要主办本届夏季奥运会，作为体育迷的他岂能错过机会？

叶青衫教授亲自在机场出口处相迎，这使陈橙颇感汗颜。她快步上前挽住叶青衫的胳膊，口里连称"如何敢当"。并不是陈橙作态，因为叶青衫正是十五年前她大学时代的老师，那时她的专业是光子商务，这门学科是新二经济时代的支撑，但是在陈橙求学的时候，这门技术已经没落了很久，至少那时学这门专业的人要想找到满意的职位得费不少周折。以前那种一家有女众家求的热闹场面早已是明日黄花。

这次陈橙之所以选择回国，在很大程度上与叶青衫的力劝有关。在心里，她其实一直对当年自己违背老师意愿改变专业一事存有愧疚。林欣不明就里地站在一旁，面对记者们连珠炮样的提问一语不发。有人拉出了大幅标语，上面写着"欢迎世界著名'脑域'技术专家归国讲学"。好事的人群围拢来，虽然他们都是外行，但对于"脑域"这种热门的技术却是耳熟能详。政府已经将"脑域"技术列入了国家发展纲要，当下几乎在任何角落都能听到与之相关的声音。现在所有人都认识到，这个国家未来能否强大，就在于能否占领"脑域"技术领域的制高点。语言学家统计过，"脑域"是近年来出现频度排名第二的词汇，排名第一的是"新四经济"，而从实质上讲，这两者可以算成一回事。

叶青衫兴奋得满面红光，头上的银丝颤抖着，像在跳舞一样，这次陈橙能应他之邀回国令他颇感欣慰。"脑域"技术是诞生于国外的尖端科学，国内极度缺乏相关人才，更何况是陈橙与林欣这样卓有建树的专家。一时间，叶青衫不禁有些感慨，陈橙与林欣都那么年轻，都只有三十多岁，像他们这样的年龄，如果是在传统领域里恐怕连新锐都还算不上，而现在他们却都已经是独当一面的权威了，说起来还是新兴领域造就人才。

陈橙与林欣在人潮的簇拥下朝停车场走去。这时，陈橙突然看到远处僻静的角落里晃过一道似曾相识的背影，刹那间，她就像被从天而降的一道闪电击中了一般。陈橙轻叫一声，仿佛眩晕般扶住了额头，之后，她旁若无人地朝那个角落奔去。人们不知道出了什么事情，都眼睁睁地看着这奇怪的一幕。但陈橙奔过去后，并没有见到她要找的人，空荡荡的地上只有一张随风翻动的报纸。陈橙下意识地俯身，看到报纸的头条处醒目地印着一行字：世界著名"脑域"技术专家陈橙、林欣定于明日回国。有人在字的下面画了一道波浪线，笔迹凝重而粗壮。

直到见到这张报纸，陈橙才确信自己刚才看到的的确是那个人。何夕。她在心里低喊一声，宛如咀嚼一则古老的故事，而与此同时，一滴泪水突兀地从她的眼角沁了出来，滑落在地。陈橙茫然无措地四下张望着，但她找不到遥远记忆中那双充满灵性的眼睛了。

在场的人都在心里留下了一个谜，只有叶青衫除外，他在心里轻叹一口气，心照不宣地望了陈橙一眼。叶青衫可以确定的一点是，此时令陈橙落泪的正是这么多年来令他内心始终无法平静的那个人。这么长时间以来，那个人一直是叶青衫心底隐隐作痛的伤口。在遇见那个人之前，他从未想到世界上竟会有那样聪颖的人，同时也想象不到，这样的人一旦误入歧途竟会是那样可悲可叹。

旧雨

六个月来紧张的日程让陈橙有些吃不消。这段时间以来，她简直就没有时间休息。她一方面主持由政府斥巨资建立的国家"脑域"技术实验室，另一方面则是进行着一个接一个的讲座。叶青衫已经感到局面有点儿无法控制了。他出于关心，曾经试图拒绝一些地方的邀请，但是没有一次成功。"脑域"技术正在这片土地上掀起不可抑制的热浪。

陈橙对这一切也有些意外，但真正感到吃惊的是林欣。至少陈橙以前曾经在国内生活过很长时间，见识过这片土地上的人们追逐世界新浪潮时的热情。而林欣则是第一次回国。他完全被人们那种无比虔诚的情绪感动了。有很多次，当他在讲台上看着台下那一双双仰望着的眼睛时，几乎有要流泪的感觉，因为从那些眼睛里放射出来的光芒让他觉得，自己此刻扮演的是一个神的角色，犹如传播火种的普罗米修斯。每当这种时候，林欣就会放慢自己的语速，并且尽可能让声音洪亮一些，使每句话都能够一字不漏地传到每个人的耳朵里去。他觉得只有这样，才对得起那些虔诚的目光。

今天是一次总结性的报告会，近段时间以来的讲学也将至此暂告一个段落。国家"脑域"技术实验室的工作非常顺利，已经取得了多项重大成果。现在林欣正在向听众分析"脑域"技术的应用前景，他的话不时被热烈的掌声打断。

陈橙埋头浏览资料，思考着需要强调的地方，但一阵突如其来的心悸让她无法继续。她有些恍惚地抬起头，隐约觉得一双很亮的眼睛正从某个地方看着自己。陈橙循着内心的方向望去，看到一个倚在入口处的人急速地低头离去。陈橙心中一凛，迅速写下"我有急事"几个字递给旁边的叶青衫，之后便悄悄退到了后台。

广场上寥寥的几个人与大厅里的拥挤形成鲜明对比。前面那个人踟蹰地朝停车场走去，一副心事重重的样子。过了一会儿，他上了一辆很旧的车朝郊外的方向开去。陈橙急忙挥手拦住一辆出租车。

那人开得有些慢，似乎内心充满犹豫，恰如他先前的背影。陈橙紧张地盯着前方，生怕跟丢了。出租车司机是一个上了年纪的胖子，不时转头笑嘻嘻地打量一眼漂亮的陈橙，一副什么都知道的神情。陈橙当然明白，他多半认为这是一个妻子暗地里跟踪不老实丈夫的游戏，但她也知道这种事情根本就无从辩白。

一个多小时过去了，前面那车丝毫没有停下来的意思。四下是郁郁葱葱的田野，低矮起伏的山丘绵延地铺展开去。看来，这将是一次长途旅行。

"这条路通向什么地方？"陈橙问。

胖老头眯了一下眼睛，说："这条路朝西，再走下去就是大山区了。你那位还真会找地方。"

胖老头这句没深浅的话让陈橙不禁有些脸红，她不知道该说些什么，只好不吭声。胖老头突然踩住刹车说："原来是到这儿来了。"

陈橙朝车窗外看去，原来前面那车停在了一家路边店旁。那个人已经跟着打扮妖媚的服务员进店去了。陈橙付过车费，头也不回地下了车。出租车掉转方向，却没急着走。胖老头从车窗里伸出头来朝店里张望着，似乎想发现点儿什么事。但是他很快便失望了，店里很安静。胖老头有些无趣地缩回头去，发动了车子，大声吆喝着："返空车，半价！"

那个人佝偻着身子坐在凳子上，很认真地吃着午餐。桌上摆着一盘炒青菜和一碗汤，他大口地扒拉着碗里的白饭，目不斜视，额上粗大的青筋随着他的咀嚼一隐一现。他夹菜的动作很慢，吃得也很慢，就像一头反刍的牛。他吃得很干净，尤其是饭碗，简直都不用再洗了。这本来只是一个夸张的说法，不过这一次，这个碗的确用不着再洗了，它突然从那个人的手上滚落在地，碎成了几瓣。那个人并没有去关心碗的命运，因为他听到一个不知是熟悉还是陌生的声音在叫自己的名字。

"何夕。"陈橙又轻轻地叫了一声，然后，她便见到那个佝偻的身影缓缓地回过头来。

山谷

蒹葭山是一条支系山脉，地势不高，亦无出奇的风光，平日里人迹寥寥。放眼望去，山道旁多为杂草及灌木，偶尔也能看到藤本植物。木本种类不多，栾树算是主要的一种，分布很广，但并没有成为连续的植被体；其他木本植物有小叶榕、刺枣、蒙古桑及胡枝子等。在草本植物里，为数不少的是芦苇，密密地分布在低处，其次是藜草、荻草、芒草等。再有就是竹子了，稍稍夸张一点儿，简直可以称作漫山遍野都是。

山间小屋坐落在一处很僻静的山谷里，如果不是有人带路的话，谁都难以找到，只有在这附近才看得出有人居住的迹象。地里长着木薯样的植物，如果经过加工，它可以被做成口味普通的面包。树上缠绕着葡萄藤，结着青涩的果实。小片水田里长着水稻，但生长状况看上去不怎么好。

"想不到你真的选择了这样的生活。"陈橙环视着周遭的田园，她觉得这真是太荒唐了。尽管她早就知道何夕的那些奇思怪想，但她从未想到一个光子商务学的高才生居然会真的实践这样的生活。

何夕没有开口，他急速地四下转动头颅，目光贪婪而急切，不放过任何一件让他起疑的事物，看上去就如同一位正在庄稼地里巡视的老农。过了半天，他似乎没发觉有何不妥，这才如梦初醒地回过头来看着陈橙，"你刚才说什么？"

陈橙在心里叹了口气，然后轻声问道："算了，那不重要。你一直独自一人住在这里？"

何夕咧嘴笑笑："本来还有一个人，但七年前忍受不了寂寞离去了。"

"是一个女人？"陈橙突然问道。话一出口她就后悔了，这样问话太唐突了，而且显得自己挺在意似的。

何夕幽幽地看了陈橙一眼，缓缓开口道："不是，是一个合作者。"

陈橙刚要开口，她口袋里的卫星电话突然响了。其实在路上的时候，电话就响过几次，但陈橙一直没有接听。

林欣的语气很焦急："陈橙，是你吗？为什么突然就走了？你在什么地方？"

"我有点儿紧急事情需要处理。你不用担心，我现在很好。"一抹暖意落在陈橙心头，语气情不自禁变得有些软软的。

"那我就放心了。"林欣在电话那边嘘出口气，陈橙几乎想象得到他擦汗的样子，"这边的事情我会处理，不过你最好还是早点儿回来。"

陈橙收起电话，这才发现何夕一直默不作声地盯着自己。她不太自然地笑笑说："是一个同事。"

"我知道，是那个叫林欣的'脑域'专家。"何夕低声道，"我知道你们是一块儿回国的，我都知道。"

陈橙很想说"事情并不是你想的那样"，但是她开不了口，她觉得此时由自己来说这句话会显得很奇怪。

"你饿了吧？"何夕换了话题，"我去给你拿点儿吃的。待会儿你早点儿休息，今天肯定累坏了。"

就连何夕自己都没有意识到，他的语气中那种疼惜的意味恰如多年以前。

隐者

蒹葭山的早晨是美丽而多姿的。朝阳从远处的群岚中探出头来，慷慨地将光芒洒向大地。翠绿的植被覆盖着每一片山坡，不知名的鸟儿正在吟唱今天的第一支歌。空气里混合着野花的香气，沁人心脾。

陈橙站在一处地势较高的坡地上，享受着这一切，记忆中，她已经很久没有这样放松过了，一时间竟有几分羡慕这样的闲适生活了。不过这只是一刹那的感受，陈橙立刻意识到这种念头的可笑，田园牧歌的时代已经被历史的车轮远远地抛在了后面，人类精彩的生活篇章其实正是现在。陈橙的思绪很快飞驰到了自己的研究领域，那里的一切才是真正让人醉心不已的——想想看吧，生而为人并且能够置身于人类智慧成果的最前沿，这才是真正无上的精神享受。

"吃点儿东西吧。"何夕突然在身后低声唤道，他系着一条围裙，手里端着一盘点心，似乎刚从厨房里出来。

陈橙注视着身形有些佝偻的何夕，心里掠过一丝叹息。直到现在她都不敢相信，何夕竟然真的安于这种遗世独立的生活，当年那个意气风发、挥斥方遒的何夕已经不存在了，成了记忆里褪色的旧影。

"是有点儿饿了。"陈橙有些不自然地拿起一块点心，这是用磨得粉碎的米做成的，吃到嘴里味道很普通。"是你种的？"陈橙随口问道，心里却很奇怪地闪过一个念头，她希望何夕不要说"是"。

但是何夕点了点头："是我亲手种的。这是今年的第一次收成。你是第一个品尝的人。"

正是何夕的这番话让陈橙感到了彻底的失望，因为那是一种充满无限满足的、似乎别无他求的语气。陈橙终于相信，记忆中那个聪明透顶、志向超凡的何夕真的已经不在了，不知道是什么时候，也不知道是在什么地方，总之不存在了。现在，只剩下一个陶醉于田园牧歌式生活的隐者，满足于他所选择的生活。

"我该走了。"陈橙突然对着远方说道，她没有看何夕。是的，这不是她应该待的地方，她还要去做更有意义的事情。

"你这么快就要走？"何夕愕然地看着陈橙，"我以为你会喜欢这里。"

陈橙笑了笑："也许吧，不过得等到我退休以后。"她下了决心，几乎是义无反顾地朝山坡下走去，丝毫没有理会何夕的反应。

何夕应该听懂了陈橙语气里的讽刺，他的脸一下子涨红了，想说什么但却张不开嘴。

陈橙已经下了两道坎，她突然回头向一直默默跟在身后的何夕问道："还记得我们当年常说的一句话吗？"

"什么……话？"何夕嗫嚅道。

"看来你真的忘了。"陈橙并不意外地开口说道，"那时我们常说，我们为改变世界而思考。也许，你现在会认为那时的我们很可笑，但我要说的是——我珍视当年的一切。而现在我正在实践当初的诺言。"说完这句话，陈橙头也不回地离去了，因为她知道此时的何夕无话可说。

但是，陈橙却不得不停下了脚步——何夕突然开口了："你错了。改变世界的不是你们，"何夕的声音变得有点儿异样，"而是我。"

少年狂

国家"脑域"技术实验室由两幢相邻的三十层豪华大厦组成。两幢大厦都是完全封闭且隔音的，饮用的全部是纯净水，空气经过最严格的过滤。大厦之间依靠五道全密闭天桥通道连接。楼顶上停放着四架C2060直升机，随时处于待命状态。大厦内配备有完善的工作设施、生活设施，从日常用品到虚拟实境的旅游及游戏节目等应有尽有。葱茏的植物散布在大厦的各个角落，感觉像一座花园——尽管在人工环境里养护这些奇花异草的花费高得吓人。大约有三百名研究人员在这里工作，从理论上讲，一个人即使一辈子不下楼也能过得相当舒适。在目力所及的远处，高高低低地矗立着一些相似的建筑，传输速率上万兆的通信线路将这些大厦与世界相连。建立国家"脑域"技术实验室的总投资大约四亿美元，而七个月以来，整个实验室的产值已经是这个数字的三十倍。

唯一让人有那么一点点不愉快的是，透过玻璃窗能看到楼下脏乱的街景，以及那些如过江之鲫般奔波往来的灰头土脸的行人。现在外面似乎正在举行一场庆祝到今天为止中国在本届夏季奥运会上金牌数仍然保持第一的游行，狂热的人群一边喝着劣质啤酒，一边拍打着肋骨分明的胸口，声嘶力竭地欢庆胜利，脸上是睥睨天下的豪情。

林欣有点儿心烦地拉上百叶窗，将目光从天空晦暗、空气肮脏的户外收回到这间宽敞明亮、设施完备的办公室里。叶青衫坐在对面的沙发上，他们正在讨论陈橙的去向。

"我觉得应该报警。"林欣坚持自己的看法。

"陈橙不会有事，我们一直都能和她联系上。我们还是先处理手上的事情吧！"叶青衫露出了解的神情，他发觉林欣简直是六神无主了，这让他禁不住想笑。以叶青衫的阅历当然明白是怎么回事，但是他同时也发觉，这件事情到目前为止还处于剃头挑子一头热的阶段。按理说，林欣是个不错的选择，不过感情的事从来就没有什么道理可言。

林欣叹了一口气，将目光转到投影在大屏幕的一份文件上。那是政府方面做出的加快"脑域"技术发展的决议案，中心意思是国家必须在新四经济的浪潮中迎头赶上，文章末尾是一句很有特色的话："脑域"兴国。

叶青衫不动声色地观察着林欣的反应。这份文件他先看过，实际上他应该算得上参与了议案的制订，最末的那句话可以说是所有议案制订人的心声。

现在，"脑域"技术带来了全新的契机，这不仅因为它是能够创造巨大利润的产业，更重要的一点在于，由于陈橙等顶极人才的加盟，使得中国在新四经济时代从一开始便与其他国家站到了同一条起跑线上——准确地说，是领先一步。中国专有的多项"脑域"技术已经投入实际生产，前景看好。最新的月度统计数据显示，中国目前在"脑域"技术市场上占据了 50.2% 的份额。当叶青衫看到这个数字时，他内心涌起的狂喜简直无法用语言来形容。如果叶青衫再年轻二十岁的话，仅仅因为这个数字，他就会脱口狂呼："我们是世界之王！"

实际上，那些在场的年轻人真的那样做了，他们欢呼的声浪几乎要将屋顶掀翻。一时间，叶青衫禁不住两眼湿润，眼前这个场面让他有种幸福的感觉，他依稀觉得属于这片土地的那个令人向往的时代正在走来。

伤心谷

陈橙回头看着来处，曲折迂回的道路已经被埋没在了茂盛的植被间。从地理上分析，这里只是小屋所在山谷的延伸，但地势却变得开阔了不少，有种别有洞天的意味。同时也正因为这样，阳光没了遮挡，晒得人头顶发烫。

陈橙突然有些想笑，她禁不住想，难道自己真的相信何夕会让她见到"奇迹"吗？她环视四周，这里只是一个农场，这里能有什么"奇迹"呢？说不定到时候，何夕会让她去观赏一头刚出生的小牛，或者是一大片盛开的紫云英。这并非不可能，因为在一个农人眼里，这些就是奇迹。何夕在前面停下来，等着陈橙赶上，目光里带着歉意。

"就在前面。"何夕环视了一下两边并不十分陡峭的山崖，"这个地方看不到什么风景，几乎没有人来。不过这并不是无名山谷，它叫作'伤心谷'。这里面还有一个故事。"

"什么故事？"陈橙来了兴趣。

"大概是说很久以前，曾经有一个很伤心的人来到这里，然后他便在此幽居一世，再也没有出去过。"

"这算什么故事？"陈橙哑然失笑，"没头没脑的。"

"我倒是觉得这个故事很不错。"何夕若有所思地看着前方，"我们并不需要知道到底发生了什么事情，伤心的人总是有自己的理由。中国有句古话：'伤心人别有怀抱。'我觉得这个故事听起来既凄凉又美丽。"

陈橙不再搭话，她觉得很累，她已经很久没有徒步行走过这么长的距离了。

"就是这里。"何夕终于停了下来，他回过头，神采奕奕地望着陈橙，眼睛里是一种难以用语言形容的妖异的光。

"这里？"陈橙四下张望，她没有看到什么特别的东西。

"你难道没有感到凉爽吗？"何夕指指上面。

陈橙抬起头，然后她看到满目的苍翠如同一把巨伞撑在头顶，将骄阳挡得严严实实，几乎透不下一丝光线来。陈橙从来没有看到过这么深不可测、这么令人难忘的绿色，触目所及，每一处仿佛都由美玉雕成——但这就是"奇迹"吗？

"是很漂亮。"陈橙淡淡地说，"在这里避暑会很不错。"

何夕没有开口，他痴迷地盯着那些绿得有些过分以至于显得有几分怪异的叶片，仿佛那些叶片是他多年未见的老朋友。何夕自顾自地四下察看着，最后在一根细小的枝丫前停了下来。有些白色的小颗粒坠在细枝上，随着凉爽的微风轻轻颤动。

"你到底想让我看什么？"陈橙稍显不耐烦地问，她的心已经飞回了实验基地，开始盘算着回去以后怎样才能把这两天耽误的工作补上。

何夕良久都没有出声，他的脸颊上浮着一团红晕，眼睛紧盯着那根细枝。

"我该走了。"陈橙终于下决心结束这次也许本来就不应该开始的出行。

何夕抬起头来，长长地呼出口气，"你真的没有看到吗？"他指着头顶上的那根细枝说。

"我当然看到了。"陈橙没好气地应了声。

"不，你没有看到。"何夕郑重地摇摇头，仿佛是在宣判什么，"这是一根……稻穗。"

"你说什么？"陈橙像是被人重击了一拳般僵住了，"稻……穗？"

"当然是稻穗。"何夕用力拍了拍身边那根弯曲粗大、盘龙虬结的树干，"它结在稻谷上。你还没有看出来吗？"何夕的声音变得低沉古怪，神色也大异于平常，就像是一位来自黑暗森林的巫师。

"我们正站在一株稻谷的下面。"他用巫师一般的声音说道。

警员

刘汉威是那种天生的警察料子，一米八五的个头，目光敏锐，浑身上下的肌肉都紧绷绷的。这块身坯再配上咄咄逼人的眼神，其震慑力可想而知。本来刘汉威此前一直在执行奥运会中国运动员的安保任务，几天来他尽心尽力地保卫着这些"国宝"的安全，总算没出什么事，相处久了还交上了几个运动员朋友，听他们侃些体育界的趣事。刘汉威最喜欢的事就是和运动员掰手腕，他在警局里可从来没遇到过什么对手，但在这里却一败涂地。单从手臂的外观上看，刘汉威似乎还不怎么差劲，但真正较量起来却根本不是人家的对手。不过，刘汉威这个人天生就是倔脾气，他怀着怎么也得赢一次的心理挨个儿找体育明星们交手，当然最后的结果都是一个"输"字。如果不是被那位脾气暴躁的教练发现后及时制止的话，刘汉威的征战还将继续下去，不过也正是由于这位教练的话，刘汉威才彻底服了输。

那位教练当时一边瞪着刘汉威，一边咆哮道："你算什么？

知道国家在这几位身上花了多少培养费吗？告诉你，每一位都是拿金山堆出来的。全中国的人都指着他们露脸呢。就凭你也想……"

刘汉威接到的新任务是参加一个特别行动组，寻找一位叫陈橙的专家。以刘汉威的经验来看，这并不算是严格的失踪案件，因为当事人并没有失去联系，而且也不像失去了人身自由。刘汉威被分在第一组，他将参加首轮行动。上面对此次行动极为重视，公安部的首长亲自坐镇指挥，单从这一点便足以看出此番行动的重要性。随着刘汉威对案件的了解逐步加深，他开始体会到这绝非小题大做。陈橙是当今"脑域"技术的权威之一，她所掌握的每一项专有技术都是身价惊人的机密。同时，她还是政府所倡导的技术兴国的典范，无论从哪种角度讲，其人身安全都需要绝对保障。

为了不惊动对方，刘汉威和另两名组员下了警车改为步行。从最近一次卫星定位的数据来看，陈橙所在地应该是五千米之外。由于山地的关系，实际路程肯定要远不少，不过这点儿小事对于训练有素的警员来说根本不算什么。根据计划，他们三人将分散行动，到目的地附近再会合。刘汉威朝身后打了个手势，然后他整个人便立刻像一条蛇似的滑进了郁郁苍苍的林莽。

奇葩

"《山海经》里曾经提到过一种叫木禾的植物。它生长在海内昆仑山上，长五寻，大五围。"何夕目光灼灼地注视着四面的绿色，语气平静地讲述着那个几乎与这个国度同样古老的传说。

直到现在，陈橙才稍稍缓过点儿气来，一种疲倦的感觉让她不自觉地倚在了树干上。她的头有些晕，额角的地方一扯一扯地跳动着，就像是有人拿着绳子在牵动那里。《山海经》，昆仑山，木禾……她听见这些只存在于神话里的名词从何夕的口里不断流淌出来。这些都是神话。一个声音在陈橙脑海里说。但是另一个更高的声音立刻说道，不，你现在就靠在一株木禾的树干上，你能够触摸它的每一片叶子，能够听到风吹动树叶时发出的声音。

"这到底是什么植物？"陈橙的声音几乎低得连她自己都要听不见了。

"我称它为样品一百一十九号，因为它是第一百一十九号样品培育的，别的那些样品都失败了。从某种意义上讲，它的确是稻谷的一种，但是——"何夕停了一下，"它是多年生的木本植物。"

"木本植物？多年生？"陈橙重复着何夕的话，脸上的表情就仿佛听不懂这些意义明确的词汇表达的意思。

"你怎么了？"何夕宽容地笑笑。

陈橙镇定了些，她开始认真地观察这株初看上去并不起眼的植物。它的树干扭曲，直径约十厘米，树皮很光滑，摸上去一点儿也不扎手。陈橙现在才发觉它的叶子形状很奇特，又细又长，像是薏仁或者芦苇的叶子，印象中，很少有树木会长这样的叶子。从树干看上去，它无疑具有木本植物的全部特征，但从叶子和穗状花序来看，却又更像是一种草本植物。木禾？也许真的只有用神话里的这个名字为它命名才是最贴切的。

"它已经生长了两年。"何夕幽幽开口，"这是它第一次开花。前两天我来看过，当时没有一点儿动静。但是你一来它就突然开花了，仿佛是专门等着你到来似的。"

"是吗？"陈橙有些魂不守舍地应了声，何夕的话让她有种被什么东西击中的感觉。"你一来它就突然开花了……仿佛是专门等着你到来似的……"这两句话一直在陈橙心里盘桓着，如同一条无孔不入的蛇。

"我觉得自己并没有做什么，只是做了一点儿小小的改动。"何夕接着往下说，"木禾在传说中的仙山上已经自由自在地生长了千万年，所有人都认为这是神话，但是——"何夕突然笑了，额上挤出深长的皱纹，"我把它带到了人间。"

"你所说的改变世界就是因为它？"陈橙已经从最初的震惊里恢复过来，她觉得自己又可以思考问题了，"你凭什么认为它能够改变世界？按照预测，全球的粮食贸易总量不会比'脑域'经济多。"

"我并不想理会那些数字。"何夕轻抚着光滑的树干，动作很温柔，"我只知道有了样品一百一十九号，人们就用不着为了增加耕地面积而砍伐森林了，到时，他们每种下一株木禾也就等于种下了一棵树。我还知道有了它以后，人们将再也不用像千万年来一样重复翻土、播种、收割等繁重劳动了，他们只需播种一次，就能够轻松地收获几十年甚至上百年。同时，由于树木的根系远比草本植物发达，人们几乎用不着浇水和施肥。水土流失也将不复存在。只要阳光照得到，只要大地能够容纳，它就可以自由生长，把氧气、淀粉、蛋白质这些自然的馈赠源源不断地提供给人们。到时候，人类将与整个自然融为一体，再也不会分开了。"

陈橙这次是真正地傻了、呆了，她完全不能说话，甚至不能动弹。何夕描绘的前景就像神话一般让她完全沉迷于其中，不能自拔了。改变世界？何夕是这样说的吧？但这何止是改变世界，这根本就是重塑了一个世界！陈橙目不转睛地盯着仍然沉浸在自己世界里的何夕，她觉得有一种难以用语言形容的光芒笼罩着何夕的脸庞。

"我真的看到了——木禾？"陈橙觉得自己的声音像是别人的。

但是陈橙没有料到，何夕竟然摇了摇头，"我说过的，它是样品一百一十九号，不叫什么木禾。"何夕的神情显得有些古怪，这一点任谁都看得出来。他就像是突然想到了什么东西，一种阴鸷的表情从他脸上浮现出来。

陈橙心里有些纳闷儿，她不知道自己说错了什么。一分钟之前，何夕明明还在讲述着那个关于木禾的神话，但转眼之间却又像是变了一个人似的。陈橙不知道自己这时候该说些什么，她下意识地拿指甲刮着一根弯曲的树干。突然，一股很奇怪的气味从树干被刮掉表皮的地方散发出来，就像是腐烂多日的物体发出的，简直令人作呕。"怎么回事？"她吃惊地跳开，"这是什么气味？"

何夕怔了一下，摇摇头，说："这种气味是它与生俱来的。我曾经想去掉但是没能成功。不过，这种气味只在树干和树叶上才有，种子里没有。也许，当年它在昆仑山上时就已经是这样的了。"何夕为自己找的这个理由淡然地笑了笑，但是笑容并没有持续太久，他的表情重又恢复到几秒钟之前的样子。"我们该走了。"何夕补上一句，"我的工作场所就在前面。"

迷雾

从外表上看，这间屋子并不起眼，直到何夕带陈橙参观了建在地下的实验室之后，她才发现这其实是一间具有相当规模的研究所。在实验室里，陈橙见到了不少稀奇古怪的装置，有些简直闻所未闻。陈橙去过几处世界知名的农作物培育基地，这方面的见识不少。但是，何夕这里的确有许多不同之处，给人的感觉是他似乎走了一条与主流不大相同的路。有个问题一直萦绕在陈橙心间，那就是，何夕告诉她在样品一百一十九号里包含有数十种植物的基因，他之所以能够取得现在的成果，是因为找到了一种被他称为"造物主的魔棒"的方法。正是因为这些基因的共同作用，才产生出了这种植物。陈橙的心里始终觉得，样品一百一十九号笼罩着一层妖异的迷雾，它一方面让人目眩神迷，另一方面却又丑陋得让人难以放心。比如它那奇怪的扭曲枝干，还有枝干上难闻的气味。如果不是有那小小的稻穗做点缀，它完全应该归入令人厌恶的一类东西。如果何夕真能如他所言那样随心所欲地挥舞造物主的魔棒，那么，样品一百一十九号号又怎么会是如此丑陋不堪的模样？这实在让人难以理解。

"你肯定想知道我是怎么建立起这个设施一流的实验室的。"何夕说这句话的语气就像一个想在朋友面前炫耀的人，他的目光缓缓环视着四周，"当年，我们一起求学时学到的那些知识还有用武之地。忘了告诉你，我一直是几家光子商务公司聘请的远程顾问。我就靠这过活，而且还能攒不少钱来做我喜欢做的事情。"

陈橙的脸上露出讽刺的神色，"当初你不是说光子商务前途黯淡吗？现在还不是要靠这门技术过活。"

"这并无矛盾。"何夕反驳道，"其实，当初我那样讲并不代表我不喜欢这门学科，我只是总结了一下罢了。从新经济时代开始，各种让人眼花缭乱的新潮技术就轮番上阵，各领风骚若干年。唯一不变的是，每种技术都经历了几乎一样的发展过程。其实也不需要我多说，你应该有体会的。"

"我明白你的意思了。"陈橙点了点头，喃喃地道，她死盯着眼前这个男人的脸，记忆里她曾经与这个男人有过无数次的争论，但每次自己都是最后失败的一方。就像这一次，她本来以为自己会说服对方，但依然还是同样的结果。尽管陈橙永远都不会在嘴上承认，可是她的内心很清楚自己已经再一次被说服了。恍惚间，陈橙觉得时光的流逝仿佛停滞了，自己又变成很多年前的那个娇气而任性的少女，怀揣着彻夜不眠才想出的对策去找那个可气又可恨的人争辩，但三言两语之后再一次失了面子败下阵来，只好一个人躲到校园的角落里暗自赌气伤心。

王者

"你们是说行动遇到了困难？"叶青衫带着点儿恼恨地问，"不是说已经找到陈橙的所在地了吗，为什么不带她回来？"

坐在他对面的那个胖胖的警官摊了摊手，"我们不能强行那样做。根据侦查，陈橙女士并未被劫作人质，警方在这种情况下没有理由干涉她的自由。现在我们只能在不惊扰她的前提下远距离地监视那里的情况。"胖警官指着眼前的计算机屏幕说，"刘汉威警员就在现场附近，如果愿意的话，你可以先看一下他发回的一些录影资料。"

叶青衫不动声色地看着屏幕，他一眼就认出了那个男人。何夕，他在心里悠悠地叹息了一声。这么说，陈橙遇见的真的是他。叶青衫知道自己永远都无法忘掉这个奇特的学生，他聪明而偏激，我行我素却又害羞敏感，他就像是一个复杂的混合体。当年，何夕全然不顾光子商务学每年给全球经济带来的上千亿美元的财富，公然宣称这只是昙花一现的片刻风光。叶青衫为此曾经与他有过几次正面交锋，虽然最后都以何夕认错了事，但叶青衫知道这只是师威所致，算不得全胜。因为他私下里了解到，何夕在同其他人争论这个问题时，总是驳得对方片甲不留。就连叶青衫心目中最听话的陈橙，最后也认同了何夕的观点，以至她最终违背了叶青衫的意志，转向进入了"脑域"领域。

画面上的两个人进了屋，他们的声音越来越低，渐渐渺不可闻，而且就连红外波段的摄影机也失去了影像，他们看起来就像从屋子里消失了。不过，叶青衫很快想清楚了个中缘由，屋子里一定有通向地下室的通道。

"我们猜测可能有一间地下室存在。"胖警官在一旁说道，"现在我们正在计划下一步的行动。"

"我必须要赶到那个地方去。"叶青衫突然下了决心般地说道，一缕花白的头发随着他头部的运动在额头上一晃一晃的。他一边说话，一边朝屋子外面走去，丝毫不理会胖警官满脸的诧异。

外面的大办公室里人声鼎沸，几名因为街头闹事被捕的男子正同警员拉扯着。劣质白酒散发出的刺鼻酒气从他们的口里一阵阵地喷出，他们一边挥舞火柴棍似的细长胳膊，一边大笑着狂喊："我们赢了，我们得了七十三枚金牌！我们是世界第一体育强国！哈哈哈！我们才是世界之王！哈哈哈，世界之王！"

机锋

转基因技术是多年前新经济时代的产物，它给当时的世界带来的争论之多，只有它所创造的利润可比。但现在它只是一门夕阳产业，这并非说它在新四经济时代没有用武之地，恰恰相反，现在的转基因技术产业的规模是新经济时代的几百倍，可问题的关键在于，它现在创造的利润还不及当年的一半。这听起来似乎不合情理，但说穿了却很简单，因为在新经济时代，它是被掌握在极少数集团手里的尖端技术，他们可以从中获取极高的收益。当时，一头乳汁里含有人体特殊蛋白的转基因奶牛每年能够创造两亿多美元的价值，而现在，就算养一千头这样的转基因奶牛也无法创造这样的效益。

何夕用探针从无菌培养基里挑出一团细小的东西放到显微镜下观察，他的神态很专注。陈橙靠在一旁的转椅上，随意地环视着周围的陈设。何夕只过了半小时便停止了工作，有些歉意地一边收拾，一边说："让你久等了。这是我每天必须做的工作。"

陈橙轻轻地摇了摇头道："你不用管我。"

"已经弄妥了。"何夕已经收拾完毕，重新将培养基放入小型温室，"这是新培养的一批样品。我计划扩大实验规模。现在缺的是资金。"

陈橙心念一动，"我记得国家农业部有这方面的专项基金。前不久，我还跟农业部水稻研究所所长见过一面，听他提到过这件事。他是杂交水稻专家，一定会支持这件事情的。"

何夕立刻被陈橙的提议打动了，他的眼里放出光来，不由自主地一把握住了陈橙的手。陈橙的脸微微一红，但是并没有挣脱开。何夕很快发觉了自己的失态，急忙有些不自然地松开手。

"原来，样品一百一十九号运用的只是转基因技术。"陈橙换了话题，"说实话我有点儿意外，我本以为这里面会有一些新的尖端技术。"

何夕露出神秘的笑容，"我的确没有什么出奇的尖端技术，但这有什么关系呢？我只知道我造就了样品一百一十九号。所谓的技术就好比一把锋利的刀，但很多手里有刀的人却未必能够雕刻出完美的作品，他们缺乏的是创造性的想象。也许人们早就具备了造就样品一百一十九号的能力，但却只有我做到了。你明白我的意思吗？"

陈橙不自觉地点点头，她想起当年爱因斯坦评价自己创立的狭义相对论时说过的一句话：苹果已经熟了，我只是摘下它的人。但是，谁能否认爱因斯坦那超人的智慧呢？也许何夕有点儿自负，但他的确有资格自负，因为他想到了常人想不到的东西。不，还不止常人。陈橙接着想，自己不也是从未想到过这一点吗？陈橙突然有些气馁，她觉得自己多年来努力取得的那些曾经令她倍感自豪的成就在何夕面前黯然失色。

"可我还是认定一点。"陈橙决定要有所反击，她的自尊心命令她这样做，"现在全世界都看好'脑域'技术，它才是世界经济新的增长点。尤其对于我们这个依然不算发达的国家来说更是如此。这段时间以来，我们每个月的产值都超过二十亿美元，我们在全球'脑域'技术的市场上占比份额已经过半，而且还在扩大。我们现在拥有世界第一流的实验基地，拥有世界上最好的'脑域'技术人才，我们将在新四经济时代建立从未有过的发展优势地位。"陈橙被自己描绘的前景所感染，眼角闪动着隐隐的泪光，"我永远忘不了那天同叶青衫教授谈到这个问题时他说的一句话，他说为了这一天的到来，他已经盼望了整整一生。"

当陈橙提到叶青衫的名字时，何夕的身体微微抖动了一下，但是他没说什么。陈橙用一句她认为最关键的话来结束了整段谈话："而样品一百一十九号能够做到这一点吗？它是有许多优点，可它生产的只是每个国家都能生产的、最普通也最原始的商品——粮食。"

何夕听到这里突然大笑起来："看来我们终于说到关键的地方了。我承认'脑域'技术的确是我们这个时代最尖端的科技，它只掌握在极少数人手里。你说你们每个月的产值都超过二十亿美元，这我完全相信，而且据我分析，其中的利润将达到十六亿，也就是说是成本的四倍。道理很简单——那些'脑域'技术产品除了你们的实验室外，没有别的地方能够生产。其实这正是从新经济时代到新四经济时代所共有的唯一不变之处。"

陈橙疑惑地点点头，她很奇怪何夕竟然完全是在顺着她的意思往下说。

何夕接着往下讲："而样品一百一十九号呢？就像你说的那样，它的最终产品只是粮食，谁都能生产，我根本卖不了高价。结果可能还要糟——你知道样品一百一十九号的性能，它被推广后可能使得粮食生产变得几乎没有成本，粮食作物将成为野草一样的东西。到时候说不定粮食生产将不复为一个产业。"

陈橙不知道应该怎样理解何夕的话，她甚至搞不懂何夕想说什么。何夕所说的全都是实情，但是照他的说法，样品一百一十九号将是一种无法创造效益的成果。既然何夕已经认识到了这一点，他为什么不及早回头？

"可是，也许有一件事可以同它作比较。"何夕话锋一转，"照刚才的逻辑，世上无用的成果还有一样，可那却是许多年以来全人类都梦寐以求的最伟大的理想。"

"你指什么？"陈橙喃喃地道，她绞尽脑汁地猜想何夕会说什么，但是她实在想不出。

"那就是可控核聚变技术。"何夕慢慢开口，"这种技术的产品是能源，但如果它成功的话，将永久性地解决能源问题，到那时，能源将变得一钱不值。"

陈橙生平第一次觉得自己就像个傻瓜，竟然无法开口说一句话。她疑惑地望着何夕，望着这个她曾以为很熟悉甚至一度有所轻视的人，脑子里回响着乱糟糟的声音。木禾，样品一百一十九号，脑域，可控核聚变……陈橙恍然觉得支撑着自己世界的那些原本坚不可摧的柱石正在某种力量的挤压下崩塌。

但是何夕并不打算放过她，他的语气变得幽微："对于一个人口不多的国家而言，'脑域'技术会很有用，因为他们可以去赚世界上剩下的高出本国人口几十倍的那些人的钱，再用赚来的钱去享受那些谁都能生产的传统廉价商品。这样的游戏在新经济时代就开始了。当时，世界上那个最强大的国家人口只占世界人口的三十分之一，但每年却购买并消耗了世界上三分之一的石油。'脑域兴国'——你们是这样提的吧——对于我们脚下的这片土地来说只是一个可笑的画饼而已。你真的以为自己改变了这片土地吗？你们待在一尘不染并与外界完全隔绝的豪华大厦里，但几步之遥的户外却充斥着肮脏、贫穷、疾病以及污染。你们掌握有世界最先进的'脑域'技术，薪水丝毫不逊于世界任何一个国家的精英，其中的个别人——比如说你或林欣——很快就会成为世界级富豪。但是，如果你们将头伸出窗外看一眼就会发现，你们什么也没有改变。"

"老实说，我不知道自己应该怎样理解你的话，我觉得迷惑。"陈橙在短暂的沉寂之后插话道。

"我的意思其实很简单。"何夕望着天边，目光灼人，"对于我们脚下这片浸透着苦难的古老土地来说，只有那些最'基本'的东西才会真正有用。除此之外的那些所谓的新潮技术，所谓的领先科技，最终都是些好看但作用却不大的肥皂泡罢了。"

陈橙已经完完全全地沉静下来，她看着何夕，目光如同暗夜里的星星。

异端

叶青衫没能实行自己的计划。就在准备动身时，他接到了警方通知：何夕同陈橙已经离开了蒹葭山。

国家杂交水稻研究所是农业部下辖的所有研究所里最重要的一个部门。这里是一片以米白色为基调的园林式建筑群。在大门的旁边立着一块仿稻穗形状的石碑，上面镌刻着一些令人肃然起敬的名字——他们是这个领域的先行者。

　　所长并没有刻意掩饰脸上的不耐烦。当陈橙昨天约请他见面时，他原本打算拒绝的。这倒不是因为他有意端架子，他只是不喜欢陈橙的夸张态度，说什么"粮食产业的革命"。作为一名严肃的农业专家，他对任何放卫星式的做法一向不屑一顾。作为一名杂交水稻专家，他的一生几乎都奉献给了这种与人类生活密切相关的植物。虽然不能说他对这个领域的研究已达到极致，但也不至于存在什么他完全不知道的"革命"性的东西。基于这一点，他对陈橙的推荐基本上可说是充满怀疑。不过，现在眼前的这个人并不是他想象中那种爱出风头的形象。所长与何夕对视了一秒钟，他发觉有种令人无法漠视的力量从这个高大而瘦弱的人身上散发出来，竟然令他微微有些不安。

　　陈橙做了简单的介绍，然后把剩下的时间交给何夕，同时暗示他尽可能简短地表述。但是，何夕的第一句话就让陈橙知道这将是一次冗长的演讲，因为他开口便说："《山海经》是中国古老的山川地理杂志……"

投射进房间里的阳光在地上移动了一段不短的距离，提醒着时间的流逝。所长轻轻呼出口气，他这才注意到自己的双腿已经很久都没有挪动过了，以至于有些发麻。他盯着面前这位神态平静的陈述者，仿佛要做某种研究。在所长的记忆中，他从来没有像今天这样一语不发地听完对方的讲话。并不是他不想发言，而是他有一种插不上话的感觉。这个叫何夕的人无疑是在介绍一种粮食作物，这本来是自己的本行，但是听上去却又完全不对路，尽是些神神道道的东西。不过，他的中心意思还是很清楚的，那应该是一种叫作样品一百一十九号的多年生木本稻谷。所长的额上已经沁出了一层细小的汗珠，这是他遇到激动人心的想法时的表现。他终于按捺不住地问道："这种作物的单产量是多少？比起杂交水稻来如何？"

何夕突然笑了，所长一时间弄不明白他的笑是为了什么，在他看来，他们讨论的是很严肃的话题。"我不认为我有必要去过多地考虑这个指标。"何夕笑着说。

所长简直要怀疑自己是不是听错了，他急切地反问："难道对于一种粮食作物来说，单产量这样的指标还不够重要吗？如果一种作物离开了这个指标，还能够称得上是作物吗？"所长狐疑地盯着何夕看，他真想伸手去探一下何夕的额头，看他是否在发烧。

"你误会了我的意思。"何夕继续解释说,"我只是说相比任何杂交水稻,样品一百一十九号首先在出发点上就已与它们不同了。"

"是吗?"所长轻轻问了句,抬头环视了一眼这间专属于他的办公室。一幅放大的雄性不育野生稻株的图片挂在最醒目的位置,这是多年前一位杂交水稻研究的先驱者发现的,由此带来了一场杂交水稻的技术变革。那位先驱者本人也因此从权威的挑战者变成了新的权威。现在所长所做的一切都是沿着他闯出的道路往下走。这条路已经由许多人走了许多年,已不复是当年崎岖难行的模样,而是很宽阔,很……平坦。

"我知道你们这里有专项的研究基金。"陈橙打破了眼前这短暂的沉默,"何夕现在最缺的就是资金。他一个人的力量太小了。"

"你是说资金?"所长恋恋不舍地将目光从那幅图片上收回,"我们是有专项的资金,但现在有几个项目都在同时进行。何况……"

"何况什么?"何夕不解地追问。

所长露出豁达的笑容:"我们不太可能将宝贵的资金投入到一个建立在神话之上的奇怪想法中去。想想看吧,你竟然不能告诉我样品一百一十九号的单产量。"

何夕静默地盯着袁守平的眼睛，几秒钟后，他仿佛洞悉般地叹了口气，说："虽然我知道这很多余，但我还是想解答你的问题。由于没能规模种植，所以我现在的确还不知道样品一百一十九号的单产量究竟是多少，但即使今后发现它比不上杂交水稻的单产量，我也将坚持自己的观点，因为那种情况即使出现也肯定是暂时的。不知你是否注意到了这样一种现象，夏天里，再茂盛的水稻田地也会发烫？这说明大部分太阳能根本没有被利用，而夏天的森林里却总是一片凉爽。这也是木本作物和草本作物的区别之一。就好比汽车刚刚诞生时连马车的速度都比不上，但这绝对阻挡不了前者最终取代后者成为世上交通工具的主宰。"何夕苦笑一声，"我知道你们一直走的是水稻杂交路线，培育的作物始终都是草本植物，这同我走的完全不是一条路。在你们这些正统人士眼里，我根本就是一个不守规矩的异教徒，你们可以拒绝帮助我，但这只会让我从内心里感到鄙视。你们不过是为了保持自己占有的一点点先机，但却放弃了更多的可能性。"

何夕说完这句话便头也不回地夺门而出，陈橙仓促地起身朝所长点点头后，立马追了出去。屋子里蓦地安静下来，所长突然觉得很累，就像是要虚脱的感觉。他无力地靠倒在沙发上，目光正好看到了那幅醒目的图片。这时，就像是有一股力量注进了他的身体，他挺直身板，痴痴地看着它，目光中充满依恋，就仿佛仰望着一个图腾。

秘密

叶青衫在研究所门口截住了何夕与陈橙。这是一次意料之外的会面，何夕脸上的表情逐渐失去控制。

"同自己的老师见面有这么可怕？"叶青衫有些伤感地说。

"不，您误会了。"何夕镇定了些，"我只是觉得自己对不起老师。"

"这倒不必。"叶青衫立刻明白了何夕的意思，"人各有志，岂能强求？就连陈橙不也是改学了专业吗？我不怪你们。"其实这句话并没有道出全部实情，因为在叶青衫眼中，陈橙走的依然是正途，她今日的成就令他也感到荣光；而何夕却是堕入了旁门左道，叶青衫甚至都不知道何夕究竟在干些什么。

叶青衫转头对陈橙说："这些天我们都很担心你。林欣现在也没法静下心来工作。"

叶青衫的目光突然飘向陈橙的身后，"说曹操，曹操就到了。"

陈橙一回头，林欣的头正从一辆警车中伸出，车像脱缰野马般冲过来后猛地停下。林欣跳下车，忘情地扑了上来，紧紧拥住陈橙，脸涨得通红。"这些天出什么事了？"林欣大声问道。

但是看来他并不打算让陈橙回答，因为他将陈橙的整个脸庞都死死压在了自己的胸前。

"别这样。"陈橙费力地挣脱出来，她的目光从何夕脸上扫过，看到一丝复杂的神色滑过何夕的眼底。"我先介绍一下。"陈橙指着何夕说，"这是何夕，我的老同学。"又指着林欣对何夕说，"这是林欣，我的……老同事。"

"何夕。"林欣念叨着这个似曾听过的名字，同时探究地看着眼前这个男人的脸。他既然是陈橙的同学，年龄应该也是三十多岁，但是看上去的苍老程度却接近五十岁，很久没刮的胡子乱糟糟地支棱着，更加夸大了这种印象。林欣不由自主地摸了摸自己光洁的下巴。

"常听陈橙提起你。"何夕伸出手与林欣相握，"我知道你是世界著名的'脑域'学专家。"

"过奖过奖。"林欣照例谦虚地笑，同时礼节性地轻轻碰了一下何夕的手，就如同面对众多的仰慕者一样。之后，他便立刻将注意力集中到了陈橙身上，同叶青衫一道关切地询问起来。

何夕在一旁站着，沉默地注视着这个热闹的重逢场面，一丝几乎难以察觉的落寞神色滑过他的眼角。长久以来，他已经习惯了遗世独立的生活，对于外界的喧嚣几乎从不在意。但是眼前这似曾相识的情景却在一瞬间击中了他，一股久违的软弱感从他心里翻腾起来。

我在这里做什么？何夕问自己。这是他们的世界，我不该留在这里，我应该回到自己的山谷中去。何夕最后看了一眼正沉浸在相逢之乐里的人们，慢慢地朝后退去。

但是一个声音止住了他，是陈橙。"何夕快过来！"她神采飞扬地喊道，"我有一个提议。"

何夕的脚步立即停了下来，这并非因为有什么"提议"，而是因为这是陈橙在叫他。他淡淡地笑着迎过去，加入到原本离他很远的热闹之中。

"我计划从我们的研究经费里抽出一部分来资助你。"陈橙大声说，"加上老师和林欣，到时候凭我们三个人的支持一定能通过这个提案。"

"支持？那……当然了。"林欣转头看着何夕，就像是看着一个靠女人生活的男人，"我没什么意见。"

"怎么说话有气无力的？"陈橙打趣地望着林欣，"何夕不会浪费你那些宝贵经费的，他从事的是很有意义的事情，他研究木禾。"

"什么……木禾？"叶青衫迷惑地看着何夕，"那是什么东西？"

"木禾是一种长得很丑又有臭味的树。不过却很了不起。"陈橙的语气有点儿卖关子的味道。这么多年来，所有人都误会了何夕，但现在她真的替何夕感到骄傲。

然而，何夕脸上的神色却突然变得阴沉，"从来没有什么木禾。我研究的是样品一百一十九号。"

陈橙悚然惊觉，这已经是何夕第二次这样强调了。他似乎很不愿意听到别人提起"木禾"这个词，就像是有什么不为人知的东西一直梗在他的胸口。陈橙不解地望着何夕，但是后者已经紧紧抿住了嘴唇，也许那将会是一个永远的秘密。

绝尘

陈橙有些不耐烦地敲着桌面。国家"脑域"技术实验室各个部门的负责人基本都已到场，今天他们将讨论向"样品一百一十九号"项目（这真是一个奇怪的名称）注入资金的事宜。时间已经到了，但是何夕却没有现身，这让陈橙有些不快，也许长久以来的农夫生活令他也变懒了。

去催问的人回来了，他径直走到陈橙面前，交给她一个金属盒子，"是那个人留下的。指明交给你。"

盒子沉甸甸的。陈橙有种不好的预感，她两手颤抖着打开盒子，里面最上层放着一台微型录音机。陈橙戴上耳机，何夕那浑厚的声音传了出来："陈橙，凭你的聪慧，当你收到盒子的时候一定就意识到什么事情发生了。是的，我走了，这是我费了很大力气才决定的。你一定奇怪我为什么这样做，老实说，一时间我自己都无法完全说清楚。我知道你们即将讨论资助我的研究的事情，而正是这一点促使我尽快离去。很奇怪吧？等你听我说完就会明白了。

"我的研究其实早在两年前就完成了。一切都很成功，甚至近于完美。我挥舞着造物主的魔棒创造出了我想要的东西，我将世间植物的所有优点都赋予了它，在那令人永生难忘的一刻里，我将木禾从高不可攀的神山带到了人间。

"是的，我是说木禾，而不是什么样品一百一十九号。那时的木禾还只是一株幼苗但却苍翠而修长，可以想见长成后的高大与挺拔，也许就像《山海经》所说的那样'长五寻，大五围'。我目眩神迷地注视着它，大声地赞美它，就像是面对自己倾心不已的恋人。但是接下来，我却伸出脚去将它踩作了一团泥。不仅如此，此后我全部的工作便是搜寻植物中那些令人不快的基因表达，比如弯曲的枝干以及恶心的气味，并且挖空心思地将与这些性状有关的基因嵌入到木禾中去。这样做的结果便是你看到的那种奇怪植物——样品一百一十九号。长久以来，我一直就在做这些事情。那天，我说希望得到研究资金，其实是因为我还想在样品一百一十九号中加入某种制造植物毒素的基因，以便让它的树干中含有剧毒。

"听到这里你一定以为我疯了。但是你错了，我并没有疯，恰恰相反，做着这一切的时候我很清醒。我之所以这样做只有一个原因，那就是我太喜欢木禾了，它是我半生的心血。中国有句古话：匹夫无罪，怀璧其罪。你明白我的意思吗？大象因为象牙之美而招致杀身之祸，犀牛死于名贵的犀角，而森林则因为挺拔的树干而消失。人类主宰着这片多灾多难的土地，按照自己的意愿支配着一切。我将这些性状加入到木禾中去，只为起某种防御作用罢了。我这样做只是希望有朝一日木禾能够遍布这颗历经沧桑的星球，而不是被砍伐一空——这种事情实在太多了，让我根本无法相信人类的理智。如果资金到位，我准备马上开始。

"但是我最终决定放弃了，这真是一个难以做出的决断，我为此彻夜不眠。不过现在我总算下定了决心，我想自己总该对世界保留一些希望吧？也许在得到教训之后，人们不会再像以前那么贪婪了呢？也许这都是我的杞人忧天呢？所以，我把最后的决定权交给你，在盒子里有两支试管，里面分别培养着木禾以及样品一百一十九号的幼体，但愿你内心的声音能够引领你做出正确的决断。

"你一定想问我会到哪儿去。别为我担心，我有自己的路可走。还记得我们说过的，这个世界除了木禾之外，还有一项研究也是'无用'的吗？最大胆的预测是有实用价值的可控核聚变技术将在五十年至一百年后问世，也许那便是我的归宿。这次重逢让我知道经过这么多年之后，我们的人生之路已经相隔太远。同学少年的美好时光就让它在记忆里永存吧！再见了，陈橙。向林欣问好，他是一个很不错的人。"

整间屋子鸦雀无声，所有人都面面相觑，不明白发生了什么事。

陈橙从盒子里抽出两支试管，一时间，整间屋子都仿佛变得明亮起来。左边的试管壁上标着"样品一百一十九号"的字样，里面有几株不起眼的黄绿色小苗；而另一支试管则没有任何标记。陈橙将目光集中到右边的那支试管上，她并没有意识到自己的手已经开始颤抖。试管里也是几株小苗，纤细而柔弱地斜躺着，除了那夺人心魄的绿色之外，并没有什么出奇之处。

木禾。陈橙在心里轻唤了一声，如同呼喊一个奇迹。霎时间，陈橙的心中翻滚过万千难以用语言形容的感慨，她仿佛看到了掩映在云雾深处的海内昆仑山，千万年来簇簇仙葩自由自在地在绝顶之上生长着，山腰风雪肆虐，一个渺小而倔强的身影若隐若现……

"你怎么了？"林欣关切的询问将陈橙从短暂的失神中拉回，"那支没有标记的试管里是什么植物？"林欣追问道，"它叫什么名字？"

陈橙陡然一滞，竟然不知道该怎样回答这个问题。她的目光停留在了试管上，是的，那个人将决断的权力交给了她。那个人将神话里的木禾带到了人世间，但是很快便发现它太完美了，几乎不可能在这个早已摒弃了神话的世界上生存。

"它也是样品一百一十九号吗？它也是稻谷吗？"林欣挠挠头，"不过，它看起来有些不一样。"

"它将会是一棵擎天大树。"陈橙脱口而出，泪水在一瞬间浸湿了她的双眼。

追杀 K 星人 /王晋康

K 星走狗

1

于平宁一杯接一杯地往肚里倒酒，目光冷漠地环视这家小酒馆。他正休假，工作期间他是不喝酒的，因为"工作就是有效的麻醉剂"。但休假期间，只有睡觉时他才与酒杯暂别，他需要酒精来冲淡丧妻失女的痛苦。

已经八年了。

他今年38岁，身材颀长，五官端正，面部棱角分明，额头刻着一道深深的伤痕，鬓边有一绺醒目的白发，穿着一件半旧的灰色夹克衫，敞着领口。八年前，他参加了世界刑警组织西安"反K星间谍局"（局内人常称反K局），后从一名无名小卒晋升到中校。每逢休假，他都要回到家乡古宛城，在一些烟雾腾腾、酒气汗臭混杂的小酒馆打发时光。他希望在这儿拾起一些儿时的回忆，把他的"自我"再描涂一遍，包括对妻女的痛苦思念。

反 K 局极端残酷的工作使他逐渐丧失了自我。

快把一瓶卧龙玉液灌完时，腰间的可视电话响了。他取下电话，液晶屏幕上是局秘书新田鹤子小姐的头像。于平宁低声喝道："休假期间不许打扰我！"

新田鹤子在屏幕上焦急地连连鞠躬，就像阿拉伯魔瓶中关着的小精灵："对不起，于先生，请你不要关机，老板有急事找你！"

老板是指反 K 局的局长伊凡诺夫将军，自从参加了反 K 局，他就在这老头子手下。这个俄国人古板严厉，甚至可以说是残忍，但为人刚正，对于平宁一直很好。既然是老头子亲自出马，一定有急事，看来休假要提前结束了。

屏幕上出现便装的伊凡诺夫将军，他难得地微笑着，简洁地说："很抱歉打扰了你的休假，你必须马上返回。"

酒店里人声鼎沸，女招待穿着超短裙，脊背裸露，在各个桌子间忙碌。酒鬼们高声猜拳行令，瞅空还要在女招待身上摸一把，引起一片哄笑。于平宁忧郁地看着这一群人，难免有些羡慕。这些人无忧无虑，不知道地球与 K 星的战争已迫在眉睫。实际上早在八年前，K 星人就向地球展开了间谍战，但是地球政府对此事一直严格保密，害怕造成全球性恐慌。试想，如果有一天你得知你的上级、朋友甚至爱人、孩子都可能是 K 星制造的与原型一模一样的生物机器人，他们守在你身边，只为伺机咬你一口，那时你对这个世界的信念还能保持吗？

全世界只有数百人了解实情，他们默默地扛着这副沉重的枷锁——这副本该 50 亿人共同肩负的枷锁，于平宁是其中一个。

于平宁驾驶着白色风神 900，这是 2153 年的新产品，时速可达 300 公里，有自动导航和防撞功能。不过，他没有使用自动挡，从中学起他就喜欢体育，拳击、散打、攀岩……样样精通，手动驾驶时速 300 公里的汽车更是一种乐趣。他沿着宁西高速公路西行，很快就看到秦岭逶迤的山峰，前边出现了一个巨大的公路隧道。

已经八年了，但每次走到这里，他仍然感到噬人心肺的痛苦。八年前，他是位于十堰风神汽车公司的工程师。有一次，他带妻子和女儿去西安度假，行至此处，忽然看到前边山凹处飞升起一块下圆上尖的东西，颇似农夫的斗笠，被一团阴冷的绿光浸透，它本身似乎也是一块绿色透明体，飞起来极其轻灵飘忽。乍一见，他并没想到是飞碟，毕竟那只是炒了几百年的陈旧神话，但是女儿菲菲唱歌似的喊道："爸爸、妈妈，这是飞碟，是 E.T！"

她拍着小手在座位上蹿跳，要爸爸快开过去找外星人玩。妻子笑着按住女儿，为她系牢安全带。他从后视镜中看到这最后一幕，妻女的这幅遗照永远刻印在了他的脑海中。几秒钟后，汽车电脑忽然失控，于平宁急忙换到手动挡，但随后，他觉得天旋地转，陷入了半昏迷状态。失去操纵的汽车冲过高栏，撞在隧道口。

在这场车祸中只有于平宁捡回了一条命，在脸上、身上增添了几十道伤疤。妻女火化前，他像一尊石像一样，在两具残缺不全的尸体前守了一夜。第二天，人们发现他的鬓角新添了一绺耀眼的白发。

世界刑警组织派了精干的班子来处理这件事，由俄国人伊凡诺夫带队。于平宁从他那儿得知，K星飞碟是在一星期前发现的，行踪飘忽鬼祟。由于它们对雷达来说基本是隐形的，所以极难发现。这次是 K 星人第一次试图劫持地球人，虽然没有成功。

伊凡诺夫苦笑着说："我们还曾准备隆重欢迎外星文明的使者呢，但显然他们不是来做客的。"

几天后，反 K 星间谍局匆匆成立。伊凡诺夫打电话来问他愿意不愿意参加，于平宁毫不犹豫地答应了。

酒劲开始上涌，那是一种舒适的疲倦感。今天喝得过量了。他伸个懒腰，快速抓握手指，手指节啪啪地一阵脆响。这是他的习惯。他揉揉眼睛，知道今天不能坚持了，便把开关定在自动导航挡，目的地定在西安。

天已黑了，高速公路上汽车如潮，像是逆向流动的一红一白两条河流，于平宁把驾驶椅放倒，扎牢睡眠安全带，很快便进入梦乡。他梦见了妻女，她们在恐惧地尖叫，一架飞碟带着惨绿色光雾，幽灵般地扑了过来。他想冲出去，手脚却不能动弹，直到那惨绿色把他淹没……

醒来时已到临潼。睡了一觉，他觉得精神焕发，有一种兴奋感。但他随即又回想起那个梦境，目光顿时阴沉下来。

那个梦境似乎隐喻着他们的处境。在K星人的高科技间谍的手段之下，地球人几乎是无能为力的。反K局只有以十倍的献身、百倍的果决才能勉强维持一种苟安局面。

有时，于平宁觉得，反K局简直是战争中的自杀勇士。所以，反K局的行事残忍、无法无天，也就可以原谅了。

2

反K局位于西安北边一座小山包下，与皇陵相距不远。这里有几十座小平房，外貌很简朴，就像一座农场。实际上，这儿戒备森严，配备有地球上最先进的电子警卫手段——至于这些手段对K星人有无作用就不得而知了。于平宁走进大门，电子警卫对他的指纹、声纹、瞳纹和唇纹做了检查，然后说："欢迎 K37 号，局长在办公室等你。"

伊凡诺夫将军见到于平宁，心中颇感欣慰："你看起来气色很好，像新摘的葡萄一样新鲜。"于平宁往常休假回来可不是这样，在酒缸中浸泡一个月后，他总是烦躁颓唐、精神疲倦，要过个几天才能恢复。反 K 局超强度的工作使所有人都处于崩溃边缘，他们只有在休假期间才能喘口气，在海滨、滑雪场和女人的胸脯上得到放松。唯有这个于平宁，每逢休假就把自己禁锢在对妻女的思念中，他的痛苦历经八年而不衰。伊凡诺夫也是一个老派的人，注重家庭生活，所以他对于平宁休假期间的酗酒从不加指责。

屋内还有一个人，便装，黑发，戴金丝边眼镜，肩膀很宽，坚毅的方下巴，衣着整洁合体，这会儿正冷静地打量着于平宁。伊凡诺夫介绍说："这是李力明上校，053 实验室的安全负责人。"

于平宁知道 053 实验室，它是一个绝密基地，从事着一项与外星人有关的非常重要的工作，但具体内容不得而知。它的安全是由反 K 局内另一个系统负责的，于平宁与他们交往很少。他同李力明握手时，觉得对方的手掌很有力，骨骼粗壮，动作有弹性，一看便知是搏击好手。

伊凡诺夫说："事情很紧急，开始介绍吧。"

李力明简明扼要地介绍了事情经过：053 实验室的研究已接近成功，昨天实验室的四位主要研究者乘一架直升机前往山中基地做实验前的最后一次检查。飞至宁西公路某处时，直升机突然从雷达上消失，14 分钟后又突然出现。李力明没有放过这点异常，立即将飞机召回做安全检查。"我对机上人员解释说，有人举报飞机上安有炸弹。在不引起四个人怀疑的前提下，对他们尽可能详细地检查和询问，但无论是飞机还是机上人员都没有发现异常，驾驶员说飞机一直在正常飞行，如果不是有那么一点儿蛛丝马迹的话。"

于平宁看看他，他忧郁地说："四个人的手表和机上的钟表都很准时，只有驾驶员的手表慢了 14 分钟，正好是 14 分钟。驾驶员却赌咒发誓，说他的劳力士手表绝对不会出差错。这也是可信的，每次任务前我们都要校对时间。"

他继续说："当然，你们很清楚 K 星人的伎俩。他们常从时空隧道中把人劫走，十几分钟后又送回一个一模一样的复制人。所以我们不敢有丝毫疏忽，即使这次的证据很不充分。"

伊凡诺夫补充道："我们已得到情报，正好在李力明上校所说的方位和时间，有人曾看到飞碟的绿光。但雷达上一无所见，可能是飞碟的隐形技术又提高了。"

"两件异常事件加在一块儿，促使我们不得不采取行动。所以伊凡诺夫将军把你召回来了。"李力明说道。

于平宁怀疑地问："K星人会犯这样愚蠢的错误？他们难道独独忘记把驾驶员的手表也拨快，以补回进入时空隧道的14分钟？"

李力明苦笑着说："我和你有同样的怀疑，但053实验室的重要性不允许我们有丝毫侥幸心理。从另一方面说，尽管K星人的文明高得不可思议，但出现疏忽也并非不可能，人类在管理猴子时也会忘记锁笼门啊。"

于平宁把他的话梳理了一遍，问道："好吧，现在我来问几个问题。第一点，你们怀疑机上五个人至少有一个被调包了？"

伊凡诺夫和李力明相互看看，坚决地说："我们是这样认为的。"

"第二点，你们为什么不把五个人隔离开来做严格的审查？我们已改进了新式测谎仪，对K星人心理的研究也有了很大进展。"

李力明再次苦笑道："你的问题说明你对K星人的生物间谍技术还不大了解。我介绍一点儿内情吧，尽管这多少泄露了053基地的研究方向。K星人过去劫持地球人后，送回来的是一个模样相似但内心不同的假冒者，咱们辨认这种白皮黑心的间谍已经不困难了，所以他们改变了策略。我们发现，他们现在换回的是白皮白心的真人，与原型一模一样，从外貌，包括指纹、声纹、体臭等；到内心，包括童年的隐私记忆、对K星人的憎恶等。

"当然，如果真的完全相同，K星人就不会这么费心费力了。复制的生物机器人在意识深处有一个程序，也就是他们要达到的某个特定目标——比如说，窃取053实验室研究成果并把基地破坏，这样，复制人就会本能地锲而不舍地朝这一目标前行。但是，"他阴郁地强调，"这个目的藏在潜意识中，本人并不知道，就像海龟和中华鲟按照冥冥中的指令无意识地向繁殖地域洄游。当复制人破坏053实验室时，他会找出种种理由，自己（作为地球人）认为正当的种种理由。因此，只有在造成既成事实后，这个间谍才可能暴露，不过对我们来说为时已晚。对此我们无能为力，至少到目前为止一直无能为力。我们只知道某处有炸弹，却连定时器走动的嘀答声都听不到。"

他描绘的阴森图像令人不寒而栗，三人都面色阴沉。

于平宁问："第三点，让我干什么？"

李力明看着将军。伊凡诺夫简洁地说："你去找到他们，尽量加以甄别，然后把复制人就地处决。"

那片惨绿色的光雾。杀死他们！……

于平宁冷笑道："让我一个人去甄别真假猴王？我是地藏王脚下的灵兽谛听？你们很聪明，想让我承担误杀的罪责。"

伊凡诺夫冷冷地说："这罪责我来承担。不错，我们可以把五个人关起来仔细甄别，但甄别清楚的可能性是微乎其微的。那时我们怎么办？我们没有任何理由关押他们，但又不敢放他们。一旦某个复制人融入053实验室，他就能轻而易举地破坏实验室。要知道，K星人发动战争的日子迫在眉睫，而053实验室的成果对战争胜负至关重要。"停一会儿他又说，"我们无路可走，在研究出甄别方法之前只有狠下心肠。无罪推定的法律准则在这儿不适用，我们是有罪推定——对可能是K星间谍的人，只要找不到可靠的豁免证明，就一律秘密处决。"

一片惨绿色光雾弥漫在眼前，仇恨逐渐膨胀。杀死他们！……

于平宁闷声道："驾驶员我不管。我只答应杀死四个人。"

李力明低声说："好吧，驾驶员我们处理。"

"四个人在哪儿？"

"我们让这四个人休假了，借口是试验场要做最后一次安全检查。这样做……如果必须处决某个人时，不会对053实验室造成震荡。这是四个人的地址、电话号码，还有照片。"

于平宁接过来。字条上有三男一女，其中一个美国人和一个日本人已经回国，还有两个中国人。"我先从美国人开始，让自己的同胞多活两天，你们不会反对我的这点儿私心吧？"于平宁说。

临分手时，李力明紧紧握住于平宁的手说："将军对你评价极高，我真心希望你用非凡的直觉，从待决犯中甄别出几个无辜者，多少减轻我的自责。当然，鉴定结果要绝对可靠。"

于平宁冷冷地看着他。"鳄鱼的眼泪。"他想说，但李力明先说出来了："这恐怕是鳄鱼的眼泪。"

他的声音很沉闷，忧伤但十分真诚。于平宁没有再刺激他，同他轻轻握手。临走时，他问："如果四个人一并处死，难道不会影响053实验室的研究？"

"当然，这四个人是实验室的中坚，好在项目已接近尾声，开创研究方向时需要天才，进行正常研究时只要资质中等的人就可以。"

于平宁点点头，同老将军告辞。老人送到门口，话语中有一丝伤感："小于，我就要退休了，是我自己要求的。年纪不饶人，我的思维已经迟钝，不能胜任这项工作了。小于，你好好干。"他没有说他已经建议上司破格提升于平宁。于平宁同他紧紧握手，然后转身走了。

于平宁忽然听到身后有人轻声喊他，扭过头，见新田鹤子正责备地望着他。他笑了，以往每次出发时鹤子都要与他恋恋不舍地告别，但今天心情沉重，把这一点给忘了。他反身吻了她的额头，笑着拍了拍她的脸，转身大踏步走了。

3

十小时后，于平宁已到达美国得克萨斯州。他租了一辆豪车，出城向西疾行，在当地时间 12 点钟找到了莫尔的乡间别墅。

"乔治·莫尔，70 岁，声名卓著的生物工程学家。妻子珍妮·莫尔，68 岁。老派的美国人，注重家庭生活。"

这是纸上对莫尔的介绍。

他戴上红外夜视镜，戴上薄手套，轻捷地越过栅栏。这是一幢半地下式的建筑，平房显得很低矮，草坪修剪得整整齐齐，院内有一个游泳池，池水映着星光。透过红外夜视镜，他看到草坪上有几道稀疏的红线，这是普通的红外线防盗设备，对他毫无威慑力。

他猫腰提着激光枪，一边轻轻跨过那几道红线，一边还心不在焉想着其他事。他记得中学时曾读到过，法国一位科学家曾从一例罕见的血友病中，考证出很多姓莫尔的欧洲人原来是地中海黑皮肤摩尔人的后裔。几百年的同化使他们忘记了自己的祖先，仅留下莫尔这个姓氏，但遗传密码中还顽强地保留着摩尔人的特征。

一个消亡的民族。地球人会不会也消亡在 K 星文明中？

忽然，他用余光瞥见草丛中竖立起的一条黑影，是蛇头，微风中传来轻微的环尾碰击声。蛇头轻灵地点动着，令它看起来像是两个脑袋。他没有想到经常修剪的人工草坪中竟然还有凶恶的响尾蛇，幸亏及时发现，他的随身物品中可没带蛇药。

他举起激光枪瞄准响尾蛇，准备开枪，忽然瞥见不远处有一棵树，略微犹豫后，他轻步挪过去折下一根树枝，试了试，枝条很柔韧。他把手枪放到左手，手持树条微笑着向响尾蛇逼近。响尾蛇用它颊窝中灵敏的红外线传感器，感受到一个大动物的 36℃ 的体温。它凶狠地弓起身子准备扑过去，就在它扑出的瞬间，于平宁猛力一抽，干净利索地把蛇头抽飞了。

蛇身在草丛中扭动着。于平宁欣喜地想，幸好记得少年时的绝技。

他摸近房舍，听听屋内没有动静，就把激光枪调到低功率挡，在走廊门的玻璃上划了一个洞，伸手进去后，轻轻地把门打开了。

莫尔夫妇睡在一张巨大的水床上，于平宁轻轻摸到莫尔夫人那边，用高效麻醉剂向她的鼻孔喷了一下，随后他绕过去，把莫尔拍醒。

莫尔睁大眼睛，恐惧地盯着面前的枪口。于平宁简短地说："跟我来，我不想杀死你的妻子。"

老人扭头看看熟睡的妻子，尽量轻手轻脚地下床，他不知道妻子已被麻醉，害怕水床的振荡会把妻子惊醒。走到门口时，他回头留恋地看看妻子，神情悲伤。

两人坐在客厅的沙发上，于平宁冷冷地看着老人，心想：我要尽量加以甄别，但我实际上已经知道了这个老人的下场。他直接问道："你是在053实验室工作？"

老莫尔已从最初的恐惧中镇静下来，从加入053实验室起，他就为今天做了心理准备。他愤恨地骂道："动手吧，我什么也不会告诉你，你是个K星畜生！"

于平宁冷笑道："我是K星人？"

"你这条狗！你这条K星人的臭走狗！"

于平宁摆摆枪口："听着，莫尔先生，我不愿在这儿多费时间，我也不希望你的妻子醒来，使我不得不多杀一个人。如果你能用可靠的方法证明你是地球人，我会很高兴同你喝一杯的，否则我只好得罪了。"

老人沉默一会儿，问道："谁派你来的？是不是053实验室的什么人？我想你对一个死人不妨说实话。"

于平宁略为沉吟后回答："李力明。"

"这条毒蛇！"老人愤恨地骂道，"他昨天突然命令停止实验，我已经觉得奇怪了，可惜我没能把他揭露。"

于平宁疲倦地想：又多了一个 K 星间谍，K 星间谍下令让 K 星间谍去杀 K 星间谍，一个怪圈，蛇头咬住了蛇尾。

"不要玩游戏了。我最后一次问你，有没有办法证明？"

老人冷笑道："我当然有办法证明。不过，你有什么办法证明你自己是地球人？在你没有自我证明之前，我绝不会向一个 K 星间谍泄露这个秘密。"

又一个怪圈。

好了，于平宁想，我已经尽力甄别了，可以心安理得地开枪了。他声音低沉地说："开枪前我想告诉你，你们四个人乘坐的直升机曾在时空隧道中消失 14 分钟，你们中至少一人被 K 星人调包了。如果不能从四只核桃中挑出一只黑仁的，我只有把四只全砸开。将来要是证明你是冤枉的，我会到你墓前谢罪。"

老人目光中闪出一丝犹豫。他开始怀疑了，于平宁想，在没有证明之前，他已对自己是谁产生了怀疑。作为 053 基地的专家，他肯定知道那个秘密：在潜意识未浮现以前，复制人的心理是对原件认同的。

他无法证明自己是自己。他无法揪着头发把自己揪离地面。

老莫尔的嘴张了张，也许他是想说出他的证明方法。不过，他最终走到门前，对着暗蓝色的夜空傲然扬起雪白的头颅："开枪吧，你这条狗！"

在开枪时，于平宁黯然地想，几乎可以肯定自己错杀了一个地球人。他无法排解自己的负罪感，但他知道，自己不得不如此。

莫尔夫人醒来时已是阳光灿烂，丈夫不在床上。她在客厅的沙发上发现了丈夫的尸体，胸前放着一朵小白花。她手指颤抖地拨通了警察局的电话。

警车呼啸着开来，汤姆警官详细地勘查了现场。老莫尔是被激光枪杀死的，面容很平静，死亡时间约为凌晨1点。胸前的小白花是在院里采摘的。从脚印看，作案者有30多岁，身高1.8米左右，中等体重，并没有留下指纹和其他痕迹。

莫尔夫人悲恸欲绝，从她那儿没有了解到有价值的线索。他们仅得知莫尔刚从中国回来度假，这是他在家的头一晚，谁料死亡也接踵而至。

汤姆把小白花小心地收在塑料袋中。这朵小白花是什么用意？是对死人的嘲笑，还是哀悼？他觉得小白花上附有凶手的人格，或者他是绝对冷血的野兽，或者他有浓厚的人性。

一名警察拎着一条蛇和沾有血迹的树枝走了过来："是在草丛中发现的，凶手看来很厉害，动作敏捷准确。不过，他为什么不用激光枪来对付蛇呢？"

汤姆也想不通，一般来说，职业杀手就像一架精确走动的机器，他们不会在小事上无谓地冒险。他反复把玩这根枝条，总觉得上面有凶手的影子。

回到警车上，汤姆警官对部下说："几乎可以肯定是政治性谋杀。在电脑里着重查询近两天进入美国的外国人，尤其是从中国来的。"

回到警察局，他们看到了查询结果。汤姆在一长串嫌疑者名单中盯着一个中国人的名字：唐天青，35岁，身高1.8米，头天从中国乘飞机来，案发当天凌晨5点离开美国去日本。他的护照倒是毫无破绽，但时间与身材太吻合了。汤姆警官把上述情况向世界刑警组织做了通报。

4

当天傍晚，日本长崎海滨的裸体浴场。

夜色朦胧，来享受日光浴的人已经离开，还有不少裸体者躺在洁白的沙滩和凉椅上。当衣冠整齐的于平宁走过来时，有人不解地看着他。

丁平宁漫不经心地走着，犀利的目光扫视着沙滩上的游客。他在一张气垫上找到自己的目标。一对裸体男女在拥抱接吻，男的有 40 岁，身材粗短、臃肿，他的同伴是一名黑人妙龄女子，曲线玲珑，臀部凸起，像母豹一样健美。

"中野康成，日本人，40 岁，著名脑生理学家，单身，喜爱临时性关系。"

关于这一点，李力明曾补充道："他尤其喜欢黑人女子。"

中野康成气喘吁吁，两只手快活地在女人身上忙活。忽然，他觉得有人在盯着自己，他抬起头，看见一个衣冠楚楚的陌生人立在面前，面无表情。他对来人的无礼很恼怒，正要发作，来人却彬彬有礼地说："是中野康成君吗？"

中野狐疑地点点头。这个不速之客怎么认识自己？他特意赶到一个陌生城市来寻欢作乐，连身边的女子也不知道自己的真实姓名。知道他去向的，只有负责 053 实验室安全的李力明上校，因为他曾要求随时同他联系——也许还有无所不知的可怕的 K 星人。

"是否让女士回避一下，我有些急事同中野君商量。"

来人说着纯正的日语，恰恰因为太纯正，中野知道他不是日本人，很可能是中国人。他千里迢迢追到这儿，绝不会是为了寒暄天气。不过，既然他让先把这黑妞赶走，看来不会有什么恶意，一个杀手是不会让目击者逃生的。他笑着拍拍女人的屁股："你到汽车里等我，我十分钟后一定回来。"

十分钟。如果来人不怀好意的话，他应对此有所顾忌。黑妞扭着腰肢走了，暮色已重，周围的人都在寻欢作乐，没人注意他们。于平宁在他面前蹲下，直截了当地问："给我讲讲 053 实验室的情况。"

中野吃了一惊，看来来人不是 053 实验室派来的信使。他胆怯地看看于平宁："是研究猩猩的智能行为。"

于平宁掏出激光枪，扣动扳机，在沙地上烧出一个黑洞，一缕青烟袅袅上升。他冷酷地说："也许这把激光枪能帮助你恢复记忆，快说！"

我要把他置于生死之地后再甄别。

中野因为恐惧而微微发抖。053 实验室的研究是绝密的，泄露机密的人会受到严厉的处罚，甚至是反 K 局的秘密处决，但毕竟激光枪的威胁更现实。他声音发抖地说："……K 星人和地球作战的最大优势，就是那种足以乱真的第二代复制人。如果有那么七八个地球首脑被复制人调包，而他们的潜意识是把战争引向失败，那么地球还有什么指望？为此，在 053 实验室集中了世界一流的科学家，研究出一种装置，称为'思维迷宫'，可以有效地识别第二代复制人。"

"是否已经成功？"

"基本成功。但你知道，地球人能够擒获并确认的复制人极少，迄今为止，我们基本只对地球人的潜意识做过实验。这些实验准确度极高，能够清晰地显影出地球人的潜意识，比如，一个孩子的恋母情结、弑父情结。至于用到 K 星第二代复制人身上的效果，目前还不清楚。"

于平宁深思良久，问道："如果杀死你、莫尔、安小雨、夏之垂，这个项目会不会中断？"

中野的大脑飞快地运转着，力图摸清对方的心理脉络。此人极可能是一个 K 星复制人——有 K 星人潜意识的第一代复制人，他的目的是什么？是要破坏"思维迷宫"的研究，还是为了窃取"思维迷宫"的技术秘密？是要杀死还是俘获自己？他要据此调整自己的答案。

他小心地回答："不会中断，但要略略推迟。"

"'思维迷宫'的原理？"

中野讨好地笑道："你已经问到核心机密了。这项装置非常精巧复杂，但其原理不难明白。160年前，有一个中国人建立了醉汉游走理论——醉汉的每一步是无规律的，但只要他的意识并未完全丧失，那么大量的无序足迹经过数学整理，就会拼出某种有规律的图形。如果意识完全丧失，足迹经过整理后就会发散。053实验室的安小姐据此开发出'思维迷宫'的方法，可用以剥露出K星复制人的潜意识指令。被试人在回答提问时，会对潜意识的秘密做出粉饰、开脱、回避、自我证明……就每一个答案本身来说毫无破绽，但只要提问次数足够多，再经过'思维迷宫'系统的数学整理，就会从乱麻中理出一条隐蔽的主线。以上是粗线条的介绍，要想彻底弄清它的原理、结构和技术细节，可能要两个月时间。

"你不能杀我，我还很有用。"

于平宁冷冷地说："你是否猜到我是K星间谍？"

中野迟疑地回答："猜到了。"

"那么，你泄露这些秘密不觉得良心不安？"

中野贱笑道："上帝教导我要珍惜生命，为了它，我还能做得更多。"他露骨地暗示。

那片惨绿色的光雾。杀死他们！……

于平宁毫不犹豫地扣动扳机。激光枪射出一道红色的光束，光束经过处留下一道青烟，没有响声。

中野丑陋的裸体仰卧在气垫上，额头上出现一个深洞，两眼恐惧地圆睁着。于平宁看到那个黑妞止漫不经心地往这边走，便不慌不忙向另一边走去。附近的游客似乎看到红光一闪，他们抬起头，漠不关心地看着，又自顾自地寻欢作乐。

于平宁想，他几乎可以肯定又杀了一个地球人，但杀死这个贱种，他的良心不会受到太大的谴责。

那女人在中野的尸体前发抖。太可怕了，幸亏那个杀手不屑于杀她。"我该怎么办？"她紧张地思索着。她不想见警察，她是专在达官贵人圈子里做皮肉生意的，可不想卷进一场凶杀案。

她看看四周，没人注意，就悄悄溜走了。在嫖客的汽车里，她急急忙忙地检查他衣服中的钱包，把美元、日元揣在怀里。包中还有一叠人民币，看来他去过中国，那么，那个英气逼人的杀手——额上的伤疤使他更具男人气质——恐怕也是中国人。

钱包中还翻出了驾驶证和护照，原来嫖客的确叫中野康成。她想了想，把嫖客的衣服和证件在地上堆成一堆儿，然后开着中野的车子找到一间电话亭。她通知警察局，海滨浴场有一具尸体，他的证件和衣服放在停车场的空地上。没等对方问话，她就急忙挂断了。

"我已经为自己留了后路，这样警察就不会怀疑我是凶手了。再说，"她在心底窃笑着，"这样多少对得起这叠钞票，数额还真不少哪。"

她驾驶着红色丰田一溜烟逃走了。

长崎警察局的远藤次郎警官立即赶到现场。死者证件表明他是东京人，八年前到中国西安一个动物智能研究所任职，40岁，单身，两天前刚从中国回来度假，激光枪致死。

在场的游客对警察的询问很不耐烦。"不！我们什么也没看见，天太黑。再说我们来这儿不是给凶杀案当证人的。"只有两个游客说凶手个子较高，约1.8米，穿戴整齐，看背影像个年轻人。

有一名泰国游客提供了一点儿有价值的细节，他说凶手来这儿后先把一名黑人女人赶走了，凶手走后那黑妞还回来过。黑妞很漂亮，胸脯很高，臀部凸出，走路像猎豹一样舒展，所以他印象很深。

远藤陷入沉思中，自然，这个黑人女子就是报案者。凶手为什么放过她，是同谋，还是心存怜悯？这些细节勾起他的回忆，他立即通知警察局查询近日世界刑警组织的案情通报。

果然查询到一个相同的案例，疑凶身高相同，使用同样的激光枪，行凶中也同样放过同床熟睡的死者妻子。疑凶唐天青是昨天，5月28日凌晨离开美国飞来日本，而且……远藤瞪大眼睛，美国的死者也是在西安动物智能研究所工作，是前一天刚从中国回来度假的。这就绝不可能是巧合！远藤果断地说："毫无疑问，这是一起政治谋杀。立即寻找报案者，这种黑人高级娼妓在日本很少，一定不难找到。通知美国警方把凶手的照片传真过来，找到报案者后由她辨认。通知中国警方，对西安动物智能研究所进行调查，并对有关人员进行监护——很可能，这轮凶杀还未结束。"

5

"安小雨，女，28岁，未婚，卓有成就的数学家。"

照片上的安小雨十分清纯，像一个天真未泯的中学生，笑得很甜，眸子里甚至还未消尽绯色的幻想。于平宁犹豫地想，不知道自己能否狠下心向她开枪。已经错杀了两个地球人，对此他几乎是百分之百肯定。"我是在干不得不干的事，但这并不能减轻良心的谴责。我就像身赴地狱的席方平，两个鬼卒正操着大锯锯开我的心脏。等他们解开我身上的绳索时，我就会裂成两片，仆在地上。"（注：席方平是《聊斋》中的人物，为报父仇去阴司告状，被阎罗王以酷刑折磨，锯成两半。）

但是，他苦笑着想，正因为错杀了两人，安小雨是K星间谍的可能性就更大了，高达50%。

晚上9点，他驾着一辆租来的豪车，停在了安小雨居住的公寓前。进公寓大门需要磁卡，所以他在等着一名持有磁卡的房客。

这是川鄂交界的一处浅山，公寓后面是清郁的竹林，竹子很高，枝干挺拔，微风中竹叶沙沙作响。透过栅栏望去，公寓很整洁，但算不上豪华，看来安小雨口袋里没有多少钞票。

也许先赶到丹江口新湖去解决夏之垂更好一些？如果可以肯定夏之垂是间谍，就不用向安小雨开枪。如果夏之垂又是错杀，那安小雨就一定是K星间谍，再向她开枪就心安理得了。

于平宁冷笑一声，在心里嘲笑自己的矫情。你不过在用愚蠢的逻辑游戏试图减轻良心的痛苦，他想。他在美国和日本留下了不少痕迹——本来可以不留的，但他不愿多杀人，那两个无辜女子不在他的使命之内。他要赶在追捕之网合拢前把剩余两个解决。很可能这个清纯秀丽的小女孩就是K星间谍，她会在甜笑中把几十亿人推向死亡，你大可不必奉送这样廉价的怜悯，他想。

来了一辆车，驾驶者降下车窗，把磁卡塞进读卡器，大门随之无声地滑开。于平宁赶快随那辆车开进园区内。

他来到安小雨租住的 203 室。侧耳细听，屋内只有哗哗的淋浴声。他看看走廊无人，就掏出一根合金钢丝，轻易地捅开门锁。他稍稍推开门，从门缝里看清客厅无人，便闪身进屋，轻轻把门锁上了。

屋内像鸡蛋壳一样整洁，窗明几净，茶几上摆着水果、鲜花和几碟精致的茶点。厨房内已备好几样菜肴，似乎是在准备迎接客人。这会儿，浴室内喷头已经关掉，玻璃屏风上挂满水珠。于平宁从容地坐到沙发上，从烟盒里抽出一支香烟。

安小雨在浴室听见外边有打火点烟的声音，她笑着高声问："是老狼吗？我马上出来。桌上有你爱吃的茶点，你先吃吧。"

夏之垂原约定 10 点钟到，他今天竟然没踩着点来，可是件怪事。这位绅士是十分注重拜访女士的礼节的，虽然他们之间早就用不着彬彬有礼了。安小雨擦干头发，忽然扑哧一声笑了。老狼，她一直这样谑称自己的情人。她曾笑着告诉他，这是有历史掌故的，你可以去查查《笑林广记》：尾巴上竖是狗，"下垂"是狼嘛。[注：《笑林广记》上有一则笑话，一位尚书借谐音巧骂一位侍郎，说路边的那只"是狼（侍郎）是狗"？不料，该侍郎才思敏捷，反唇相讥，说"下垂是狼，上竖（尚书）是狗"。]

安小雨披着雪白的浴衣出来，发现沙发上并非自己的情人。

"你是谁？"她问道。

于平宁掏出激光枪，缓缓地说："两天前，053 实验室的一架直升机曾在时空隧道中消失 14 分钟，可以肯定，机上五个人中至少有一个人被 K 星复制人调包了。我希望你能同我配合，把你的身份甄别清楚。如果不能从四只核桃中挑出那只黑仁的，我只好全砸开。"

不要重复这些滥调了，于平宁厌倦地想，反正你要杀她。

那片惨绿色的光雾。杀死他们！……不要怪我残忍，我是为了人类。

安小雨脸上的恐惧凝固了："你把那三人全杀了？"

于平宁摇摇头："夏之垂是第四个。"

安小雨紧张地瞟了一眼时钟，再过 20 分钟，夏之垂就会捧着一束鲜花准时赶到。她知道来人绝不是地球人，如果是反 K 局派来的审察人员，他就不会不知道"思维迷宫"已基本装置成功，可以用来挑出那只黑仁的核桃。凶手一定是第二代 K 星复制人，他在为 K 星卖命时还自以为是为地球尽职。

不过，不要妄想唤醒他，在潜意识指令未完成前，他是不会罢休的。她知道自己很难逃脱了，自从加入 053 实验室，她已做好心理准备。在这生死关头，她还暗自庆幸刚才没有直呼情人的名字。

一定要保住老狼，保住我的爱，也为"思维迷宫"的研究保留火种。快点儿，不能再犹豫了！

于平宁敏锐地察觉到她在看时钟。"不必担心，"他平静地说，"我不是嗜血杀手，你的客人即使赶来，我也不会动他一根汗毛。"

我愿为你做那么一件事情，他苦涩地想。

安小雨在心底苦笑：如果你知道客人就是你的下一个目标呢？不能再耽误。永别了，我的爱！

她声音发抖地问："我可不可以吸支烟？"

于平宁点点头。她胆怯地走过来，坐在沙发上，伸手去烟盒里摸烟，她的浴巾散开了，酥胸白得耀眼，于平宁下意识地把目光避开。忽然，白光一闪，一把水果刀向他劈来。于平宁矫捷地闪开，激光枪同时亮了。安小雨慢慢地倒在地上，胸膛上出现一个深洞。她的表情慢慢冻结，最后凝成一个安详的微笑。

于平宁垂下枪口，苦涩地看着安小雨的尸体，久久未动。

你又错杀了一个地球人，但这是命中注定的。他小心地抱起安小雨的尸体，平放在沙发上，用浴巾盖好。从桌子上的鲜花中挑出一枝白色的水仙，轻轻地放在她的胸前。

他把汽车开到门口，还像刚才那样等着一辆回公寓的汽车。

几分钟后，一辆白色豪车开到门口，验过磁卡后开进院内。于平宁趁大门还未关闭时开车出去。进院的那辆汽车中走出一个穿咖啡色西服的绅士，捧着一束鲜花，步履轻快地向203室走去。这肯定是安小雨的情人，于平宁觉得愧疚。

他驾车以300公里的时速向丹江口开去。只剩最后一个核桃了，它肯定是黑仁的，所以向夏之垂开枪时，不用再良心不安了。快去把他干掉，我的刑期就结束了。

6

日本警察的工作效率很高，第二天就找到那名黑人娼妓的行踪。她正在东京，又傍上一名阿拉伯富豪。

远藤警官立即乘机赶到东京，他们来到这家极豪华的"春之都"酒店。黑妞刚在室内游泳池裸泳完毕，正躺在白色凉椅上歇息。看见两名便装男子在光滑如镜的大理石地板上小心地走过来，她甚至懒得用浴巾把自己遮盖一下。

来人出示警察证件。"什么事？"苏婥不耐烦地问。

远藤直截了当地问："昨天你是否在长崎，和一名叫中野康成的顾客在一块儿？"

苏娣嫣然一笑，她几乎已把这事忘了。

"对，是我报的案。你们不会怀疑我是凶手吧，我只是不想卷入。你知道，我干这行当，可不想上报刊头条。"

远藤安慰她道："对，我们只是想了解一些情况。如果苏娣小姐配合，在你的阿拉伯富豪回来之前我们就会离开。请你看看，凶手是不是这个中国人？"

苏娣接过唐天青的传真照片。嘿，当然是他！她对这人印象很深，两道剑眉英气逼人，目光冷漠，额上有条深深的伤疤，这些都更增添了男人的魅力。

苏娣忽然莫名其妙地泛出想保护他的冲动。也许是感谢他昨日手下留情？还是想为他日邂逅留下点儿希望？她笑着摇头："No，No，那人……怎么说呢，长得很粗俗，大嘴，脸上没有伤疤，说话似乎带大阪口音，像是日本人。绝对没有照片上这么漂亮。"

远藤很失望。他十分怀疑这个唐天青就是凶手，各种情况太巧合了！已经查到他于昨天离开日本回到中国，正好又与长崎谋杀案的时间吻合。但苏娣不会是他的同谋，她没有为他掩护的动机。

他阴沉地说："我想苏娣小姐一定清楚，做伪证是犯罪的。"

　　苏娣多少有些后悔自己的孟浪，不过事已至此，她只有硬撑到底。她朝远藤飞了一个媚眼："当然，我懂。干我这个行当，你想我会同警察过不去吗？凶手不是这人。"她肯定地说。

　　远藤回到东京警署时，看到了中国警方发来的电传："唐天青已回国，此人无前科，审查未发现疑点，正进一步调查。"

　　远藤很沮丧："只好重新设定疑凶了。我真不愿承认自己错了！"

　　他没想到，中国警方的回文有反 K 局插手。

　　午夜，于平宁赶到丹江口。他把车停在湖旁，略微打了一个盹儿。醒后，他下车来到湖边，一条大坝把这里变成烟波浩渺的人工湖，疏星淡月，四周是青灰色的远山。他长伸懒腰，活动了一下筋骨，像往常一样快速抓握手指，然后回到车内。

　　他觉得有些奇怪，平时他快速抓握手指时会啪啪脆响，今天却没有。不过，没有时间去想这些琐事了，他告诫自己，你的目标还未完成，要赶在天亮之前解决最后一个。

　　丹江口新湖湖畔是一幢连一幢的豪华别墅。这儿山清水秀，是中国的地理中心，又是亚洲蓄水量第一的水库，所以近 20 年来，这里成了科技界、商界新贵们的集聚地。他找到夏之垂的别墅，把汽车停在黑影里，翻身跳进栅栏内。

他轻而易举地破坏了院内的防盗设备，踅到房前。正在这时大门外响起汽车马达声，他忙藏在黑影里。雪亮的汽车大灯穿透夜色，大门自动打开，一辆白色汽车开进院内，讲入车库，车主人匆匆进了屋。

于平宁冷笑一声。这个新贵肯定是寻花问柳去了，这个K星复制人倒是没有忘记地球人的癖好。屋内响起一阵哗哗的淋浴声，很快熄了灯，看来他已十分疲乏，草草洗浴后便入睡了。于平宁仍用激光枪打开屋门，闪进卧室。夜色朦胧中，他看到夏之垂背向门口正在熟睡，便轻轻走了过去。

忽然，他直觉到某些不妥。这种感觉是从夏之垂的汽车进院后产生的，但究竟是什么，他一时说不清楚。他加倍警惕地轻步上前，用激光枪挑开他身上的毛巾被。忽然，灯光唰地亮了，身后有人切齿喝道："举起手！"

他一愣，慢慢丢下手枪，举起双手，用余光瞥见一支双管猎枪正对着自己的后心，床上堆着一叠衣服。夏之垂的头发是干的，衣帽整齐，他根本没有洗澡。

"夏之垂，男，34岁，著名心理学家，兴趣广泛，爱好打猎。"

李力明还告诉他，夏之垂为人机警，他的枪法差不多可与专业射手媲美。

他忽然悟到不安的根源。刚才，看到这辆车和这个人的背影时，他心生一种模糊的熟悉感，是在安小雨的公寓中见过，夏之垂就是安小雨等待的情人。

夏之垂绝对料不到一个温馨之夜会变成凶日。他用安小雨给的钥匙打开门，看见安小雨盖着浴巾正在沙发上熟睡，胸脯上放着一朵白花。这个小精灵，这只装睡的小猫咪。他笑着悄悄走过去，吻吻她的双唇，双唇还是温热的，但刹那间他觉出异常，惊惧地喊："小雨！小雨！"

没有回声。他颤抖地揭开浴巾，在她乳沟左侧发现一个光滑的深洞，是激光枪的伤口。安小雨手中还握着水果刀，但神态十分安详，身上看不到被强暴的痕迹。夏之垂悲愤地跪在沙发前，泪水滴落在死者身上。

他的直觉告诉他，这绝不是一件暴力凶杀案。凶手是有双重人格的人，他冷酷地向安小雨开枪后，又把尸体放端正，盖好浴巾，甚至放上一朵白花以表示无言的忏悔。

可是，是什么使安小雨在迎接死亡时这样安详？……忽然脑中电光一闪，他忍住悲痛，迅速向美国和日本拨了电话，几分钟后他就知道了真相。

莫尔、中野康成都已被害，疑凶是一个30多岁的中国男子。

他知道这是 K 星人的杰作。凶手的双重性格正符合 K 星第二代复制人的特征，那是潜意识中的 K 星人指令和原身意识中道德观的冲突。

小雨死前显然已经了解真相，她用水果刀逼迫凶手早开枪，是为了避免她的情人和凶手相遇。只有这样才能解释她的安详表情。

我的爱。他低下身，深情地吻着死者的双唇。我一定要为你报仇！

他忍痛告别小雨，没有丝毫延误，立即开车返回。如果他没有猜错，凶手就在刚才与他相遇的那辆豪车上，他一定会赶到丹江口去杀最后一个人。

从实验突然暂停，让四个人休假，到三个人相继被害，这是一个精心策划的阴谋，主谋肯定在反 K 局内部。他要捉住凶手，问出幕后之人。

他没有向警察通报，"不，我一定要亲手捉住和宰了这个畜生！"

夏之垂冷酷地命令道："走到墙边，把手支在墙上，脚向后移。"

于平宁顺从地照办了。后脑勺又遭到一记猛击，他眼前一黑，晕了过去。

等他醒来时，已被绑得结结实实，那是拇指粗的强力尼龙绳。他揶揄地想，这下子好了，不用担心死后裂成两半了。夏之垂居高临下地看着他，用激光枪指着他的胸膛，切齿道："你这个畜生，你这个丧失自我的僵尸！我要告诉你你究竟是谁，你是K星人复制的第二代生物人，他们杀了于平宁后用你调包。你潜意识中的指令是杀死'思维迷宫'的四名主要人员。我要杀死你，为了我的小雨，为了莫尔、中野，为了人类。"

于平宁冷冰冰地看着他，在心里冷笑：浑蛋，我当然比任何人都清楚我究竟是谁。

夏之垂凄厉地笑道："我真想一刀一刀地碎割了你。不过用不着了，当你知道自己究竟是谁，你就会受到最严厉的惩罚。你的幕后主使是谁？快说！"

于平宁冷笑道："我的幕后主使？是我对K星畜生的仇恨。"

夏之垂冷冷地说："我知道你的使命还未完成，在你没杀死我之前，你的自我感觉还是一个正人君子。那么快说，是谁派你来的？"

于平宁挣扎着坐起来，靠在墙上，冷笑道："我可以如实奉告，一点儿都不遗漏，希望这些事实不至于影响你对自己的信心。"他简单地说了李力明派他来的经过。"四个人我已经杀了三个，我想都杀错了，无论是品德高尚的莫尔、安小雨，还是人品龌龊的中野，他们都是地球人。这样一来疑犯就只有你一个了。当然，正如你刚才所说，在没有完成使命之前你是不会清醒的。"他讥讽地说。

夏之垂目光中闪过一丝犹疑。他摇摇头，抖掉这片疑云，恨恨地说："这些鬼话你留着对死神去说吧。如果我对自己或任何人有怀疑，我自然有办法甄别。为了我的小雨，我一定要宰了你！快祈祷吧，不管是向地球的上帝，还是 K 星的上帝。"

于平宁用肩膀顶着墙，慢慢站起身来："我想你是犯了一个错误，你不该扔下猎枪，用我的激光枪。"

夏之垂冷笑道："不必为我担心。在 053 实验室这是常见武器，我会用。"

于平宁微笑道："但今晚我有一点疏忽，这点疏忽很可能救了我。我在割门玻璃时把手枪的功率调到低挡，忘记调回来了。低挡激光枪在这个距离杀不死我。"

夏之垂惊惧地低头看了一眼，不错，是在低功率挡，他急忙用大拇指推换挡位，向于平宁开枪。就在这一瞬间，于平宁迅速低头，用嘴从衣领上拔出一根毒针，"噗"地吹向夏之垂，同时敏捷地闪身躲开。于平宁突觉左臂一麻，随即无力地下垂，他知道左臂已经被激光枪割断了，被同时割断的绳索散落在他身边。

夏之垂的喉咙咯咯地响着，慢慢地倒了下去，双眼一直仇恨地瞪着于平宁。激光光束随着他的身躯在屋中滑过，被扫断的落地灯、书架等哗哗地掉落下来。于平宁突然觉得极度疲乏，浑身全散架了，他也慢慢地倒了下去。

我的使命已完成，他想，然后他的意识缓缓分散。混沌中，他看到鬼卒解开他身上的绳索，那是四天来一直捆着他的绳索，于是他便分成两半。

7

李力明得知四个预定的目标已解决三个，于平宁正赶往丹江口，估计最后一个就在今晚解决。

这个结果已在他预料之中。虽然他真诚地希望于平宁能从待决犯中甄别出几个无辜者，但他知道这是不现实的。他对于平宁不大满意，于平宁的行动留下了不少活口。当然，李力明本人也不忍心祸及无辜，不过，万一反K局被牵涉进去，那些终日喊人权、博爱的政治家和记者一定会把反K局撕碎。

那将是整个人类的灾难，在奶油中长大的公子王孙怎能理解与K星人斗争的残酷！

吃过晚饭，他忽然心生一种不祥的预感——当K星间谍混入053实验室的阴谋破产后，K星人一定会直接向"思维迷宫"装置下手。这种预感没什么证据，但却越来越强烈。他在间谍战中已经身经百战了，这种第六感从未欺骗过他。

他在办公室急急地踱步。随着时钟的嘀嗒声，他觉得越来越焦躁。一定要采取行动。可是怎样行动？怎样向别人解释？单凭他毫无根据的预感，连伊凡诺夫将军也不会相信。

时钟已到11点。他终于下了决心，让我一个人承担罪责吧，我一定要在12点前完成。

他唤来技术部主任捷涅克。要想进入"思维迷宫"所在的地下室，必须他们两人用两把钥匙同时操作，才能打开门锁。他阴郁地说："伊凡诺夫将军向我通报，K星人今晚很可能向那个装置下手。我想咱俩今晚守在那里。"

捷涅克犹豫着，这样做不太符合安全规定。李力明瞪了他一眼："是否还要按部就班地请示？我告诉你，莫尔、中野、安小雨，很可能还有夏之垂都已经被害了。凶手不明，不过可以认定是K星人下的毒手。"

捷涅克异常震惊。这四人是 053 实验基地的中坚，竟然在几天内全部丧生，达摩克利斯之剑已悬在头顶了！他意识恍惚地跟李力明来到地下室。

卫兵向李力明敬礼，李力明还礼后简洁地说："加强警戒，今晚可能有情况。我和捷涅克主任在里面值班。"

两个门锁距离两米，他们分别对付一个，经过长达十分钟的复杂操作，一米厚的钢门缓缓升起。两人进去后钢门又缓缓落下。

地下室与外界严格地隔绝，是一个无声的世界，即使是轻微的赤足行走声、呼吸声，都会被极度灵敏的拾音器接收到，放大为霹雳般的巨响。这样，外部守卫的士兵就会迅速进入戒备状态。

李力明进门后顺手关掉了这套系统。他盯着捷涅克，后者感到惶惑不解。李力明慢慢地说："以后你们会理解我的。"

李力明猛烈地把捷涅克打晕，看看手表，已是晚上 11 点 30 分——要赶快，我一定要在 12 点前办完。

他急忙坐在主电脑的键盘前。053 实验室为了应付突发事变，在唯一的"思维迷宫"装置上设有自毁机构，只要输入一套复杂的指令，装置就会在一声巨响中化为灰烬。

他实在不忍心毁掉它。这套装置是科技界的精英们殚精竭虑费时两年才搞成的，其中也有他的不少心血。一旦被毁，地球人该怎么识别K星复制人？

不要犹豫了。一旦K星人得到这个装置，那将对人类造成更大的危害。

手表的嘀嗒声在密室里像一声声雷鸣，也像一记记鞭抽。他横下心，飞速地敲击键盘，把自毁指令输了进去。不过，那些根深蒂固的怀疑仍在啃噬着他的心，K星人今天会对这个装置下手？如果K星人得到它，会对人类造成多大危害？是否毁掉装置是更大的危害？……

在敲击最后一道指令时，他心中的怀疑也达到顶峰，但是他仍无法说服自己收回自毁指令。

他在两种念头的激斗中痛苦地呻吟着。好吧，我仅仅来一点小改动，我只把时间推迟一分钟，这微不足道的时间不会影响我的使命的。

输完指令，他立即离开地下室，对门卫吩咐："捷涅克主任在里面值班，我明天来换他。"

他回到自己的办公室，失神地盯着时钟。我实在不忍心目睹装置的毁灭，不过我确信自毁指令一定会执行。

时钟敲响了十二下，在令人窒息的死寂中又过了一分钟。现在，我确信自己的使命已经完成。他的精神一下子散了架，似乎听到身体自内向外的碎裂声。

8

断臂的剧痛使于平宁悠悠醒来，一种不可名状的恐惧开始叩击他的精神之门。他呆呆地瞪着虚空，忘了疼痛。

我究竟是谁？究竟干了什么？

几天来，他一直辛辛苦苦、锲而不舍地去完成一个目标，像在苦苦追赶一个飘飞的幽灵。幽灵忽然消失了，他发觉自己已经堕入地狱。

为什么他一定要杀这四个人？即使他们中有一个K星间谍，也能用"思维迷宫"来甄别。那个日本人早就告诉他这个秘密，为什么追杀后两个人时他不愿想到这一点？

那片惨绿色的光雾。杀死他们！……

于平宁忽然打起寒战，那是一个连续的不可遏止的寒战。那片绿光并不是思念妻女引起的幻觉，而是在宁西公路上真实情景的潜记忆！莫尔和夏之垂都没有说错，自己——严格说不是自己，而是自己的原形，曾被K星人劫持、消灭。他们换了个一模一样的复制人。于平宁的所有的记忆、所有的情感（包括对 K 星人的仇恨）都被保留，只是在潜意识中多了一道罪恶的指令。

他对 K 星人的仇恨被改头换面，变成替 K 星人卖命的狂热。

他颤抖得越来越厉害。他站起身，用力抓握手指，不，没有那种清脆的咯咯声。他苦涩地想，这大概是 K 星人复制工程的唯一疏忽。

他忆起夏之垂曾对他指出的一点事实：当复制人完成 K 星人的指令后，当他意识中不再有这个毒瘤时，他就复原了，变回一个真正的地球人。

你在梦中残杀你的母亲，现在你要清醒地欣赏自己的杰作。

一条响尾蛇爬了过来，一双毒眼。它得意地狞笑着，一滴一滴地往他心头滴着毒液。不过，他很快就麻木了，麻木到可以清醒地思考。

是谁知道他回西安的路线和时间？伊凡诺夫、李力明、新田鹤子，当然不排除 K 星人也能窃听到。

是谁夸大时间的急迫性，要求他尽快把四个人消灭？伊凡诺夫和李力明。

是谁告诉他至今无法甄别复制人？是李力明。但作为 053 实验室的安全负责人，他明知道"思维迷宫"的研究已基本成功。

他奇怪于如此简单的答案自己竟然没想到，而他素来是以思维清晰自诩的。不用说，是那个潜意识指令在干扰着他的思维。

李力明肯定是一个复制人，是一个和自己同样可怕的 K 星间谍。

我要杀死他，为安小雨、夏之垂他们报仇。为我，不，为于平宁报仇。

他已经麻木——抖掉绳索，爬起来，机械地检查了自己的断臂，伤口很光滑，激光枪切断它的同时也起到了止血作用。他在起居室找到药箱，用一只手困难地把伤口扎好；又艰难地把夏之垂的尸体放到床上，盖好；在院里找到一朵白色的野花，把它放在夏之垂的胸前。

干这一切时他很冷漠，似乎是在梦游状态。然后，他带上激光枪，坐进车内，把挡位调至自动导航挡，目标定在实验室所在的神农架。风神车向那里飞驰而去。

早上 7 点 30 分，他到达 053 基地。他平静地向门卫通报了姓名，要求见李力明。那边很快回话，说他可以进来。大门打开了。基地很平静，看来四个人的死讯还未传到这里，一名警卫把他领到李力明的办公室后便走了。于平宁表情痛苦，右手托着断臂，用肩膀顶开门，走了进去。激光枪在断臂臂窝里藏着，可以很方便地抽出来，李力明不是等闲之辈，他必须小心。

但眼前的情景是他没有预料到的，李力明眼中布满血丝，神情颓丧，正在狠命地灌酒。他冷冷地盯着于平宁，目光中满是鄙夷和刻毒的嘲讽。于平宁也冷冷地看着他。

"四个人全杀死了。"于平宁闷声说。

"我已经知道了，这正是我喝酒的原因。"

仇恨在于平宁胸中膨胀，他哑声问道："你在庆贺胜利？"

李力明不回答，他又灌一口，恶毒地笑着，忽然问："你的指令已经完成了，你肯定也意识到了吧？"

血液冲到头上。于平宁愤恨地想，他在戏弄我，就像一条蛇在戏弄嘴边的老鼠。这个畜生。他抽出激光枪，声音苦涩地说："你这个复制人，K星人的走狗。"

李力明把酒杯摔碎，昂然迎着他的枪口走来："开枪吧！你这个浑蛋复制人。告诉你，我的指令也完成了。"

于平宁缓缓地问："你的指令？"

"对，我的指令是毁掉'思维迷宫'装置，我已经把它炸毁，四个主要研究者也被杀光。地球人在几年内很难恢复元气。告诉你，我的指令完成后，我也复原了，变成了李力明，那个对K星人刻骨仇恨的李力明，哈哈！"

他笑得十分凄厉，像一只濒死的狼。于平宁的枪口慢慢垂了下去，他怎么没想到这一点？他早该想到的。李力明和他是同病相怜。他的胸膛要爆炸，他也想凄厉地长号……但是一个念头忽然浮了上来，他努力想抓住这根救命草。李力明已把"思维迷宫"炸毁了？为什么在基地内看不到一点儿异常？他迟疑地问："你把'思维迷宫'炸毁了？"

"我炸毁了！"李力明突然疯狂地喊，"我当然炸毁了！那装置在隔音地下室，人们还没有听到爆炸声。等他们打开地下室就一定会发现！求求你，于平宁，你不要再问了。我已经把它炸毁了，我绝对相信这一点。"

于平宁紧紧地盯着他，这里面肯定有蹊跷。自认识李力明后，于平宁对他一直有惺惺相惜之意。这个人意志坚定，行事果断，绝不在自己之下。为什么他变得突然这样歇斯底里？这不像他的为人。也许他说的是实情，由于地下室隔音，他们尚未发现装置被毁。但为什么他如此急切地想向自己证明这一点？

于平宁敏捷地思考着，思维逐渐明朗，摸到了可能正确的答案。李力明一定是以极顽强的毅力，迫使他本人相信那个装置已经炸毁，这样他才能从K星人的指令中苏醒过来。能做到这一点实在太难了啊！于平宁不敢追问下去，一旦李力明知道"思维迷宫"并未毁掉，他潜意识中的指令就会死灰复燃。那时，他又会变成一个可恶的难以防范的K星间谍。

于平宁忽然朗声大笑，把激光手枪推向长桌对面的李力明，用仅存的右手抱起酒瓶豪饮起来："多好的酒，没想到死前还能喝上家乡的卧龙玉液。我告诉你，死前我们能干一件很不错的事，你我都可以为地球消灭的一个可恶的K星间谍。喂，把你的手枪扔过来。"

李力明也大笑起来。好，杀死这两个复制人，就再也不用担心某些事了。他把自己的手枪放在长桌上，推了过去，捡起于平宁的手枪。两人坐在桌子的两端开怀痛饮，然后摔掉酒瓶。两个枪口慢慢抬起。

于平宁微笑着说："有什么未了之事吗？"

李力明苦笑着说："有点儿放不下'那个人'的妻儿。不过，她们不会承认我是丈夫和父亲的。不想它了。"

于平宁也想起那个"于平宁"的妻女，想起她们死前的那一幕，想起新田鹤子无言的柔情，想起古板热肠的将军……他挥了一挥手，高兴地说："瞄准眉心，我喊到三，咱们同时开枪。瞄得准一点儿，别丢丑。"

李力明笑着说："放心吧。我们可以来个竞赛，明天请将军来检查各自的弹着点。"

他们互道永别，于平宁兴致勃勃地喊："准备，一，二，三！"

9

接到报告后，伊凡诺夫将军很快赶到053实验室。李力明的办公室里，长桌两端，两个人对面坐着，脸上凝固着豪爽的笑容，眉心正中各有一个光滑的深洞。

基地的其他人用备用钥匙打开地下室，在里间找到捷涅克，刚一取下封嘴的胶带，捷涅克就喊："快检查自毁装置！"

仔细检查一遍之后，捷涅克松了一口气："昨天把我关在里间后，李力明启动了自毁装置。十分侥幸，这个可怕的K星间谍犯了一个可笑的错误。"他迷惑地说，"真的很奇怪，是一个十分可笑的、绝不该犯的错误。他准确无误地输进了整套指令，但预定自毁时间却定在23点61分。所以，装置电脑拒绝执行这一指令。"

老将军心情沉重地回到李力明的办公室，沉默地看着两具尸体。他十分喜爱这两个部下，所以在心理上难以把他们同K星间谍联系起来。他沉重地扪心自问，我为什么如此轻易地听信李力明的话，草率地决定将四个人处死？即使怀疑四个人中有复制人，